낭만적이데이

책은 이미 널리 통용되는 말을 그대로 표기하였습니다.
소설 속 대화에는 인물들의 성격과 특징을 잘 나타낼 수 있게 표현되었으며,
맞춤법에 맞지 않는 말이 포함되어 있습니다.

저녁 6시를 알리는 소리와 함께 생방송이 진행되었다. 하나로 묶어 깔끔하게 넘긴 머리와 단정한 셔츠를 입은 승아가 환한 미소를 지으며 저녁 안부 인사로 프로그램을 시작했다.

"따듯한 저녁 보내고 계신가요? 여러분의 저녁 시간을 책임질 〈오늘 내 고향〉입니다."

"설 명절을 앞둔 월요일입니다. 고향이라는 말은 이맘때가 되면 자주 등장하는 단어죠."

길게 늘어선 테이블에 앉아 원고와 프롬프터를 번갈아 가며 읽어 내려가는 승아와 호진의 행동은 자연스러웠다. 저녁 정보프로그램을 맡은 지도 벌써 3년이 지나고 4년 차에 접어든 덕분이었다.

"네, 그렇습니다. 고향을 떠나 타지에 계시는 분들은 이번 명절에도 고향에 방문하기 위해서 무척이나 애를 쓰실 텐데요. 새벽부터 일어나서 기차 예매를 하시거나 막히는 도로 위에서 오랜 시간 온몸이 불편한 것을 참아내는 이유는 고향이 저마다에게 의미가 있는 곳이기 때문이겠습니다."

"네, 그래서 오늘은 고향에 남다른 자부심을 갖고 계신 분이 있다고 해서 만나 보려고 하는데요. 김영지 리포터, 어디를 다녀오셨다구요?"

"흙에 살리라~ 이 노래 아시나요? 경상북도 애화리에 이 노래를 몸소 실천하시는 무려, 청년! 이장님이 있다고 해서 찾아갔습니다. 젊은 패기와 열정으로 고향을 일등 사과의 고장으로 만들겠다는 포부를 밝히신 청년 이장님! 함께 만나 보시죠."

승아는 고개를 숙여 원고를 체크했다.
고향, 고향, 고향.
명절에 진행되는 방송 원고엔 고향이라는 단어가 제법 자주 등장했다. 떠나온 고향을 행여나 잊을까 봐 상기시켜 주려는 듯, 누구에게나 고향이 의미 있는 곳이어야 하는 것처럼 말이다.

원고를 읽던 승아가 엄마에게 마지막으로 전화를 걸었던 게 언제였던지 생각하고 있을 때쯤, 나무를 어깨에 들쳐 멘 남자가 VCR 화면에 등장했다.

"오늘은 낙동강이 흐르는 경북 끝자락, 애화리에 도착했습니다. 이곳에 특별한 이장님이 계신다고 해서 왔는데요. 안 무거우세요? 제가 좀 도와 드릴까요?"

"아유~ 못 듭니데이. 이깟 거, 저는 거뜬합니더."

리포터가 친근히 다가가 말을 걸었으나, 나무에 얼굴이 가려진 남자는 괜찮다며 손사래만 쳤다.

"그런데 지금 뭐 하고 계세요?"

"곧 봄이다 아입니까. 전지하는 중입니더. 죽은 나무는 베고, 새 묘목은 심고."

"아, 그러시구나~ 그런데 선생님. 저희가 오늘 이 동네 이장님이 일손이 필요하다고 하셔서 왔는데요. 혹시 이장님은 어디 계신가요?"

"잘~ 찾아오셨네요. 여기 있습니다."

리포터가 그에게서 눈을 떼고 주변을 두리번거려 보았으나, 주변엔 그뿐이었다.

"네? 어디요?"

"으쌰, 접니다."

우석이 들고 있던 나무를 내려놓고 허리를 세우며 얼굴을 드러내 보였다.

"열정 빼면 시체! 청년 농부! 청년 이장! 이우석입니데이~"

읽고 있던 원고에서 눈을 뗀 승아는 한동안 화면을 응시했다. 그러곤 이내 반가움인지 불편함인지 모를 표정을 지었다. 그의 얼굴을 이렇게 볼 거라곤 생각 해 본 적이 없었다.

우석은 여전했다. 꿈이라 말하던 농사를 아직도 부지런히 짓고 있었고 여전히 밝고 활기찼다. 10년이 지났어도 웃는 얼굴 하나만큼은 끝내 주게 맑았다. 세상의 걱정 같은 건 없는 것처럼 말이다.

* * *

"아따, 마, 역사적인 순간인데 남겨 놔야제."

현택이 티브이 화면 속 우석과 티브이 옆에 서 있는 우석을 한 화면에 담아 찰칵, 사진을 찍어 주었다.

"봐봐라, 석아. 잘 나왔제."

"사진 보내 줘 봐라. 깨톡 프로필 하게."

우석이 사진을 확인하곤 만족스럽다는 듯이 고개를 끄덕였다. 그러곤 현택의 옆에 앉아 티브이에 시선을 고정했다. 티브이에선 리포터와 우석의 인터뷰가 한창이었다.

-이장님은 고향을 한 번도 떠난 적 없다고 들었는데요. 이곳에서 농사를 지으시는 이유가 뭔가요?

-농사짓는 게 좋아요. 봄에 꽃봉오리로 시작해서 가을에 영근 사과가 나무에 달려 있는 거 보면 올해도 잘~ 살았구나, 싶습니더. 그렇게 1년씩 차곡차곡 쌓다 보면 제 인생이 속이 꽉- 찬 사과처럼 멋들어져 있지 않겠습니까.

"오~ 새끼."

현택이 우석의 옆구리를 쿡 찌르자 우석이 뿌듯한 표정으로 웃어 보이곤 조용히 하고 티브이나 보잔 손짓을 해 보였다.

-그렇다면 올해의 바람이 있으실까요?

-우리 동네가 이만큼 살기 좋은 동네인 거 전국에 소문났으면 좋겠습니더!

-그 바람은 이루어질 것 같은데요? 올해도 이장님의 꿈을 담은 사과가 주렁주렁 달리길 응원할게요.

그 말을 끝으로 너른 밭을 배경으로 우석, 현택, 윤정, 혜숙, 리포터가 나란히 선 장면으로 전환되었다.

-농촌이 살아야, 나라가 산다!

-물 좋고 공기 좋은 내 고향 애화리로 오세요~

우석이 선창하고, 다른 이들이 힘차게 외치는 것을 끝으로 프로그램은 끝이 났다.

"자식, 인터뷰도 기깔나게 잘했네, 아주."

"괜찮나?"

현택의 칭찬에 민망하기도 하고 우쭐하기도 한 우석이 입꼬리를 씰룩이며 괜찮냐 묻는데, 핸드폰이 정신없이 울리기 시작했다.

"석아, 방송 다 봤는갑다."

"촤, 이게 뭐 대단한 일이라고~"

말은 그렇게 하면서도 우석은 쉴 새 없이 쏟아지는 카톡을 꼼꼼히 살폈고, 현택 또한 그 옆에 딱 달라붙어 내용들을 확인하며 웃었다. 식탁에 앉아 밥을 먹던 윤정은 그 모습에 한숨을 작게 내쉬며 고개를 절레절레 흔들었다.

"조상님 말 틀린 거 한 개도 읎다. 유유상종. 끼리끼리 싸이언스."

* * *

방송이 끝나고, 승아는 지친 발걸음으로 아나운서실에 발을 들였다. 핸드폰을 꺼내려 가방을 열었다가 가방 속에 든 다양한 전단지부터 한가득 꺼내 놓았다. 거절하지 못해 쌓인 전단지들이었다. 자리에 앉던 희영이 승아가 꺼내 놓은 전단지를 흘끗 보곤 물었다.

"저녁 밖에서 먹고 왔어?"

"네, 언니. 볼일이 좀 있어서요."

"전단지는 뭐 하러 일일이 다 받아. 삼겹살, 필라테스, 인터넷, 어이구, 교회도 있네? 너도 참 불편하게 산다."

희영이 전단지를 한 장씩 넘겨 보곤 이해가 안 된다는 표정으로 승아를 타박했다. 승아는 머쓱한 표정으로 농담을 던졌다.

"고기 구워 먹을 때 깔고 먹으면 좋아요."

"그래… 참 좋겠다."

그때, 수정이 자기 자리에 앉으며 말문을 열었다.

"다들 그 얘기 들었어? 우리 회사에 프리 준비하는 아나운서 있다더라? 도대체 누군데 이렇게 조용하지? 나보다 어리대."

"프리? 우리보다 어린데 사표 낼 만한 사람이 있나?"

"정연이 아니고… 태영이…도 아니고, 재희, 영미, 승아…?"

희영이 의문을 던지자, 수정이 골똘히 생각하며 그들보다 어린 아나운서들의 이름을 나열하다 승아의 이름을 입에 담았다. 승아가 얼른 부정하려는데, 희영이 웃으며 말을 가로챘다.

"승아가 왜. 회사 나간 선배들, 품위유지 안 해서 경위서 여러 장 쓰고 나간 사람들뿐이다? 우리 승아처럼 아나운서에 딱 맞는 상이 몇 명이나 된다고. 튀는 짓을 해, 사고를 쳐. 무난~하게 잘하잖아."

"감사합니다."

속에 담긴 말뜻을 모르는 건 아니었다. 다만 승아는 얼굴을 붉히고 싶지 않았다. 게다가 틀린 말도 아니었다.

"하긴. 선배들이 회사 나가면 지옥이라더라."

"프리 시장 나갈 선배들은 나가서도 될 만한 사람들뿐이야. 자기 색깔 뚜렷하고, 회사에 있을 때도 눈에 띄던 사람들 말이야."

사실상 승아를 깎아내리는 것이나 다름없는 말들임에도 승아는 그저 공감된다는 듯 고개를 끄덕이기만 했다.

그 모습을 보던 희영이 승아가 가져온 전단지를 툭툭 치며 제 말이 맞지 않느냐는 듯이 물었다.

"이렇게 착한 애는 나가면 더 고생이야. 월급 따박따박 받는 게 속 편하잖아, 그치?"

"그럼요. 구내식당 밥이 얼마나 맛있게요."

승아가 애써 웃으며 대답하는데, 부장실에서 큰 소리가 들렸다.

"뭐가 어째? 시바새키? 시바새키? 야! 인마! 너는 아나운서라는 게! 시바사키라고. 시바사키 가쿠! 외국 선수들 이름은 실수 많이 한다고 주의하라고 몇 번이나 말했지 내가! 어?"

"죄송합니다."

부장의 고함이 아나운서실까지 쩌렁쩌렁 울렸고, 윤지의 기어들어 갈 것 같은 목소리가 뒤이어 들려왔다.

"방송사고 냈나 보네."

희영과 수정이 속닥거리는 사이, 부장실 문이 쾅! 열렸다. 둘은 얼른 몸을 돌려 일하는 척하여 눈초리를 피할 수 있었지만, 안타깝게도 승아는 부장과 눈을 마주치고 말았다. 어찌해야 할지 고민하던 승아는 가볍게 목례를 건네고 허둥지둥 시선을 돌렸다. 그러자 부장이 승아를 가리키며 윤지를 향해 잔소리를 쏟아냈다.

"실수를 하더라도 좀 눈에 안 띄게 하든가. 제발 무난히 좀 넘어가자, 무난히! 네 선배 반만 닮아라. 눈에 띄는 짓도 안 하고 얼마나 무난하냐. 경위서 써 와!"

그러곤 휙, 소리가 날 정도로 몸을 돌려 아나운서실을 벗어났다. 윤지는 멀어져 가는 부장의 뒤통수를 향해 큰 소리로 다시 한번 죄

송하단 말을 건넸다.

"죄송합니다!"

칭찬인지 욕인지 헷갈렸던 승아는 멍한 눈으로 부장이 서 있던 자리를 쳐다보다 눈물을 닦는 윤지와 눈을 마주치곤 어색하게 웃었다.

승아는 부장에게 혼난 윤지를 위로해 주기 위해 회사 로비의 카페로 향했다.

"시바사키… 시바사키… 시바…사키…."

윤지는 제가 실수한 것을 되뇌고 있었다. 그 얼굴이 너무 안쓰러워서 승아가 커피를 건네며 조심스럽게 물었다.

"괜찮아?"

"…저 진짜 멍청이 아니에요?"

"생방이라 긴장하면 그럴 수 있어. 아무리 연습해도 발음이라는 게 꼬이려면 꼬이더라."

승아의 위로에 약간 풀렸던 표정이 골치 아프다는 듯 다시금 찌푸려졌다.

"아… 경위서…."

"내가 쓴 경위서 좀 줄까?"

"선배님도 경위서를 쓰셨어요?"

"경위서 안 써 본 사람이 어딨어. 입사 초에 많이 썼지. 원고 읽다가 웃음 터져서 수습 안 된 적도 있고, 발음 꼬여서 버벅거린 적도 많고. 실수는 누구나 하잖아. 부장님도 욱하셔서 그런 거지, 악의가 있으셔서 그런 거 아닌 거 알지?"

윤지가 끄덕이며 수긍했다. 승아는 그제야 커피를 마시는 윤지를 보며 안도했다. 신입 때 자신을 보는 것 같아서 웃음이 났다.

"잘못했으면 혼나야죠. 잘못했으니까 혼난 건 당연한데. 그게 아니라… 선배님은 부장님이 무난해서 좋다고 하는 거 기분 안 나쁘세요?"

"…어?"

"저는 기분 나쁘거든요. 저보고 무난해지라고 하는 것도, 무난하다고 하는 것도."

옅게 웃던 승아의 입꼬리가 어색하게 내려갔다.

* * *

"무난한 게 잘못된 건가요. 조직사회에서 튀지 않는다는 건 반대로 말하면 그 체계에 잘 적응했다는 거잖아요. 제가 근무하면서 느낀 건 그래요. 회사에서 암묵적으로 원하는 아나운서상은 조신하고 튀지 않는 이미지. 물론 저도 동의해요. 아나운서니까."

승아는 유미에게 상담을 받고 있었다.

승아가 처음 상담을 받기 시작한 건 승아가 맡은 프로그램에 패널로 출연한 정신건강의학과 의사, 유미의 권유에서부터였다. 프로그램 진행 중 한 코너였던 우울증 자가 진단 테스트에서 승아는 꽤나 높은 점수가 나왔다. 현대인이라면 이 정도 우울감은 갖고 살아간다고 생각했던 승아에게 유미는 시간 되면 커피 한잔하러 병원에 놀러 오라는 말로 승아에게 내원을 권했다. 그게 벌써 6개월도 더 넘은 일이었다.

"그럴 수 있죠. 뭐가 맞고 틀린지는 중요하지 않아요. 어느 쪽이든 승아 씨가 마음 편한 쪽이면 돼요. 그쪽이 더 마음이 편하신 거죠?"

"…그럼요."

"요즘은 잠은 좀 주무세요?"

"네. 처방해 주신 약 덕분에."

"잠 안 올 때 술 드시는 건 이제 안 하시죠?"

"음… 네. …그러려고 노력하고 있어요."

"우울증은 마음의 감기예요. 감기 걸렸는데 소주로 소독하면 낫는다는 말, 유언비어인 거 아시죠? 아플 때 술만큼 독이 되는 게 없어요."

"네…. 근데 선생님. 저 진짜 치료받을 정도인가요? 현대인이면 이 정도 우울감은 누구나 갖고 사는 거 아니에요? 매일 행복하기만 한사람이 있어요? 무슨 갓난아기도 아니고."

* * *

그 시각 우석은 콧노래를 흥얼거리며 소똥을 퍼 담고 있었다. 아직 추위가 기승인데도 계절 따위 신경 쓰지 않는 듯 반팔을 입어 옹골찬 팔뚝을 적나라하게 드러낸 채였다. 그도 그럴 것이 우석은 방송이 나간 후 온 동네 여자들의 관심사가 되었고 우석과 선을 보겠다고 줄을 선 여자들이 읍내를 몇 바퀴 돌고도 남을 정도였다.

"내 사돈 조카가 읍내에서 카페를 하거든. 아니, 근데 얼마 전에 만나던 남자랑 헤어졌다고 하드라고. 나이도 얼마 안 해."

그 말에 현택이 관심을 가지고 물었다.

"얼마 하는데요?"

"서른…아홉. 만으로."

"너~무 누님 아입니까. 야는 이제 서른둘인데."

"쩝, 좀 그렇지?"

아쉽다는 듯 입맛을 다시자, 다른 아줌마가 앞으로 나서서 말을 가로챘다.

"계모임하는데 우리 회원 딸내미. 스물일곱. 농협. 방송 보고 우석이 아냐면서. 소개 좀 시켜 달라고 안 하나."

"스물일곱?"

나이 차가 적당한 듯하여 현택이 관심을 가지며 묻자, 아까 사돈 조카를 소개해 주고 싶다고 하던 아줌마가 나서서 사실을 말했다.

"이혼했다 카드만! 그라고 아들도 하나 있다."

"에이! 야는 총각인데!"

아줌마 둘이 투덕거리고 있는데, 그들의 이야기를 듣고 있던 아줌마 한 명이 끼어들었다.

"다 비켜 봐라! 우리 딸내미는 금년에 서른."

"이쁘니껴?"

"말도 모 하지. 내랑 똑 닮았는데."

현택이 그 말을 한 아줌마를 빤히 보다 단호하게 대답하며 아줌마들을 다 밀어내려 했다.

"다 탈락."

"왜! 더 안 들어보고!"

"듣자 듣자 하니까 이 아지매들이 진짜."

"나는 왜! 뭐가!"

현택은 자신과 똑 닮은 딸을 소개시켜 주겠다 한 아줌마의 얼굴을 다시 한 번 빤히 바라보다 모두의 등을 떠밀어 우사 밖으로 밀어냈다.

"안 돼에-! 아지매 무조건 안 돼!"

일을 하면서도 그들의 이야기를 듣고 있던 우석이 우사 바깥을 힐끗 보자, 우사 주변을 기웃거리면서 안을 들여다보는 젊은 아가씨 몇 명이 보였다. 우석은 그녀들을 의식하여 보란 듯이 어깨까지 소매를 걷어 올리고, 굳이 기합까지 넣으며 쌓여 있는 짚단을 들어 올렸다.

"으라차차차!!"

그 덕에 옹골찬 팔뚝에 근육이 도드라지고, 그 모습을 본 아줌마들이 "이야, 실하다, 실해." 하는 소리가 들려왔다. 작게 꺄르르 웃는 아가씨들의 목소리도 함께였다.

아줌마들을 내쫓은 현택은 우석이 흘리고 간 짚단을 주우며 그의 뒤를 따라다녔다.

"봐라. 촬영하길 잘했제. 방송 나가고 읍내에 소문이 쫙~ 났다니까, 1등 신랑감이라고. 허우대 반반하지, 젊지, 힘 좋지, 알부

자지. 요즘은 자기 피알시대다 이거야. 촌에서 사람 만나기가 쉽나. 방송 한 번 나가니까 가만~히 있어도 사돈에 팔촌까지 다 튀어나온다."

그러자 우석이 정색을 했다.

"마. 아니, 내가 그런 거 때문에 나간 거 아니잖아. 우리 동네가 을매나 살기 좋은 동네인지 세상 사람들한테 소문도 내고. 촌에 일할 사람 없어가 난린데 동네에 사람 좀 생기면 일손도 늘고. 이장으로서 우리 사과 홍보도 하고~"

"그라고?"

"그러면~ 꿩 먹고 알 먹고~ 누이 좋고, 매부 좋고~"

"올해는 니 소원 성취하겠다, 석아."

우석은 여자들의 시선이 아직도 제게 고정되어 있는 것을 의식하며 또다시 짚단을 들어 옹골찬 팔뚝을 자랑했다.

"당연하지! 올해는 가자! 장가! 나도 간다! 장가!"

"ABS가 열두 시를 알려 드립니다."

라디오 시간 알림 녹음을 끝낸 승아는 아나운서실로 돌아와 창가 구석에 놓인 잎이 축 처진 대형 해피트리 화분을 보고 있었다. 며칠 전부터 노랗게 변한 잎을 만져 보다가 의아해진 승아는 핸드폰을 들어 해피트리에 관해 검색했다.

〈해피트리 잎이 바래는 덴 다양한 원인이 있습니다. 수분이 과할 경우나 햇빛이 부족할 때 잎이 바래며, 갑작스러운 기온 변화에도 노랗게 되거나 갈변될 수 있습니다.〉

"수분이 과하거나 햇빛이 부족할 때…."

검색 결과를 중얼거리고 있는데, 희영이 아나운서실로 들어와 자리에 앉으며 승아에게 말을 걸어왔다.

"또 그거 들여다보고 있어? 그거 죽은 거 아니야?"

"아니요, 그건 아닌 것 같은데…."

"벌써 몇 주째야. 그거 살리는 것보단 새로 하나 사는 게 빠르겠다. 그만 들여다봐. 안 되는 건 안 되는 거야."

"그래도… 아직 죽은 건 아니라서…."

절레절레 고개를 저으며 포기하라는 희영에게 아직 포기하긴 이르다 대답하는 사이, 수정과 호진이 양쪽에 커피를 들고 즐겁게 이야기 나누며 아나운서실로 들어왔다. 희영은 승아의 대답엔 관심 없다는 듯 곧장 두 사람에게 말을 걸었다.

"무슨 얘길 그렇게 재밌게 해요?"

머쓱해진 승아는 화분 속 흙을 조금 파 보았다. 흙이 축축했다. 아무래도 검색 결과처럼 수분이 과했던 모양이었다.

호진은 희영의 질문엔 대답하지 않고 들고 온 커피 한 잔을 건넸다.

"따뜻한 라테 맞지? 우유 말고 두유로."

"오? 어떻게 알았어요?"

"자주 먹는 것 같더라고."

"가만 보면 선배 진짜 세심하다니까. 여자친구가 싫어하겠네. 아무한테나 잘해 줘서."

"그러니까. 근데 선배 연애하는 거 한 번도 못 본 거 같은데. 여자친구 있어요?"

희영이 장난스럽게 눈을 흘기며 그리 말하자, 수정이 동조하며 물었다. 그러나 호진은 대답 없이 웃기만 할 뿐이었다.

"설마, 아니죠? 모태 솔로?"

"글쎄."

수정이 호진의 어깨를 가볍게 건드리며 장난스럽게 물었다. 호진은 장난스러운 목소리로 그렇게 대답할 뿐, 확실한 답을 내놓진 않았다.

"에이~ 선배 인기 많잖아요. 마음만 먹으면 다 만났을 텐데? 선배네 부모님은 결혼하라고 안 하셔요?"

"왜 안 해. 맨날 손주 보고 싶다고 하시지."

"선배는 결혼 생각 있어요? 소개 좀 시켜 드려요?"

"뭐가 그렇게들 궁금해. 좋은 사람 있으면 자연스럽게 하겠지."

수정과 호진의 대화를 듣는 둥 마는 둥 하던 승아는 해가 잘 들어오는 곳으로 화분을 옮길 결심을 했다. 화분이 커 낑낑대는데, 그 모습을 본 호진이 커피 한 잔을 승아의 자리에 놓아두고 얼른 승아에게 다가갔다.

"해 들어오는 쪽으로 옮기려고?"

"아… 네."

"내가 할게. 너도 커피 한잔해."

호진이 곧장 화분을 밀어 옮기자, 승아는 자신의 자리에 놓인 커피를 바라보곤 호진에게 고개 숙여 인사했다.

"감사합니다."

"뭘."

승아는 해가 잘 들어오는 곳에 놓인 화분을 바라보다 자리로 돌아가 호진이 놓아둔 커피를 마시며 제 몫의 원고를 확인했다. 희영은 제자리로 돌아간 호진을 바라보며 수정에게 속삭였다.

"여자가 없을 리가 없는데. 비혼주의자인가?"

"그건 아니래. 아까 들어보니까 결혼은 하고 싶다고 하던데?"

***

 작은 거실에 작은 방 한 칸, 아담한 오피스텔로 부리나케 들어온 승아는 널브러져 있는 술병들과 마른안주 봉지들을 한데 모아 급히 보일러실로 밀어 넣었다. 그 순간 초인종 소리가 울렸다.
 띵동-
 와인을 사 들고 승아의 집에 방문한 사람은 호진이었다. 호진은 승아에게 입을 맞추며 익숙하게 집 안으로 들어왔다.

 호진의 팔을 베고 나란히 누워 있던 승아는 문득 물었다.
"오빠, 자?"
"아니."
"……."
"왜? 할 말 있어?"
"아니, 그냥….'
"왜~ 뭔데?"
"결혼… 생각 있어?"
"갑자기?"
 뜬금없는 결혼 이야기에 조금 당황한 호진은 문득 사무실에서 희영과 나누었던 이야기를 떠올리고 가볍게 웃으며 물었다.
"아~ 아까 회사에서 얘기한 거?"
"부모님이 결혼 얘기하시는 거 같아서."
"신경 안 써도 돼. 으레 하시는 말이지."
"괜…찮아?"

"당연히 괜찮지. 난 너랑 이렇게 편하게 연애하는 게 좋아. 너도 결혼 생각 없다며?"

"…응."

승아는 조금 머뭇거리다 그렇다고 대답했다. 당장 결혼 생각이 없는 건 맞았지만 비혼주의자는 아니었다. 결혼 생각이 없다는 말은 호진이 늘 하는 말이었고 승아는 그저 끄덕이기만 했을 뿐이었다. 그의 생각을 존중해 주기 위해서.

승아의 마음을 전혀 모르는 호진은 승아를 꼭 끌어안고 어깨에 얼굴을 파묻었다.

"나도 그래. 연애 오래 해도 결혼하면 헤어지는 사람들 많다고 하잖아. 난 너랑 지금이 좋아."

"…다행이네."

"결혼 준비하면 신경 쓸 게 얼마나 많은데. 승아도 어머니한테 인사드리는 거 부담스럽다 하지 않았어? 그니까 마음 안 써도 돼, 승아야."

* * *

무드 등만 켜두어 어둑한 방 안. 승아는 호진과 달리 잠을 이룰 수 없었다. 아까 그가 한 말이 머릿속을 맴돈 탓이었다.

"결혼 준비하면 신경 쓸 게 얼마나 많은데. 승아도 어머니한테 인사드리는 거 부담스럽다 하지 않았어? 그니까 마음 안 써도 돼, 승아야."

다음 날 오후, 호진은 방송국에서 조금 떨어진 골목에 차를 세우고 승아의 볼에 입을 맞추었다. 승아 또한 옅게 웃으며 차에서 내렸다. 호진이 다정한 목소리로 인사를 건넸다.

"이따 봐."

호진의 차가 천천히 멀어지고, 그를 향해 손을 흔들던 승아도 발걸음을 돌려 방송국으로 향했다.

아무도 몰래 만난 게 2년이 넘었다. 데이트는 회사에서 먼 곳에서, 같이 밤을 보냈어도 출근은 따로였다. 만인이 탐내는 남자인 호진과 있는지 없는지도 모를 승아가 연애를 할 거라고는 누구도 의심할 리 없었다.

그런데 그날은 달랐던 모양이다. 그들의 모습을 수정이 보고 있었다.

"저거 호진 선배 차 아닌가…?"

승아가 아나운서실로 발을 들이는데, 부장실에서 나오는 윤지와 눈이 마주쳤다. 가볍게 인사를 건네고 자리로 돌아가는데, 희영이 황당한 얼굴로 윤지를 힐끔거리는 게 보였다. 사무실 분위기가 묘하다는 걸 느낀 승아가 제자리에 앉으며 수정에게 물었다.

"무슨 일 있어요?"

"쟤래."

"뭐가요?"

"프리 말이야. 사표 냈다는데?"

"네?"

화들짝 놀란 승아가 되묻자, 희영이 어이없다는 표정으로 고개를 저으며 대꾸해 주었다.
"쟤 이름이 뭐였지? 선배들 사표 낸다고 헛바람 들었나 보네."
그 사실을 믿을 수 없던 승아가 어쩐지 당황한 눈으로 윤지를 바라보았다.

승아는 윤지와 로비의 카페에서 이야기를 나누어 보기로 했다. 하지만 영 입이 떨어지질 않아 커피잔만 만지고 있었다. 잠시간의 침묵 후, 윤지가 먼저 말문을 열었다.
"미리 말씀 못 드려서 죄송해요."
"아니야, 왜 죄송해. 그럴 수도 있지. 근데 왜 갑자기…?"
"선배님, 저 하고 싶은 게 생겼거든요."
"하고 싶은 거?"
"인테리어요. 도배하는 것부터 배워 보려고요."
"갑자기? 해 본 적 있어?"
뜬금없이 인테리어를 하고 싶단 말에 기가 막혔던 승아가 저도 모르게 큰 소리를 내고 말았다. 그러나 윤지는 속이 시원하다는 듯 웃는 얼굴이었다.
"아니요. 이제부터 시작하려고요."
"한 번도 안 해 본 일을…."
"안 해 본 일이라 해 보려고요. 저 아나운서 시험 왜 본 지 아세요? 우리 딸, 아나운서 해도 되겠네."
"……!"
"엄마가 그러셨어요. 제가 아나운서 되면 좋아하실 것 같더라고요. 그래서 그냥 별 의심 없이 열심히 준비해서 아나운서가 됐는데, 생각해 보니까 시키는 것만 하고 살았더라고요."

"사람이 어떻게 하고 싶은 것만 하고 살겠어…."

"그쵸, 근데 한 번쯤은 하고 싶은 대로 살아야 하지 않을까. 누가 제 인생 책임져 주는 것도 아니잖아요. 그니까 멋대로 살아 보려고요."

윤지의 말이 꼭 제 이야기 같았던 승아는 기분이 침울하게 가라앉고 말았다.

승아는 멍한 얼굴로 아나운서실로 향했다. 승아가 들어선 줄도 모르는지, 수정과 희영은 가까이 붙어 속닥거리기 바빴다.

"윤지가 하던 게 새벽 라디오지? 누가 하려나."

"급한 대로 일단 아무나 시키겠지. 스케줄 비거나 시켜도 군말 안 하는 사람으로."

갑자기 비게 된 새벽 라디오를 누가 진행할까 곰곰이 생각해 보던 수정이 문득 떠올랐다는 듯 이야기했다.

"아, 근데 나 오늘 출근하다가 승아 봤거든? 호진 선배 차에서 내리는 것 같던데. 설마, 선배랑 승아랑 사귀나?"

두 사람의 대화에서 갑자기 저와 호진의 이름이 언급되자, 승아는 얼른 발걸음을 멈추고 벽 뒤로 몸을 숨겼다. 왠지 그래야만 할 것 같았다.

"잘못 봤겠지."

"아닌데…. 번호판을 제대로 못 보긴 했는데, 옆모습이 호진 선배같았단 말이야."

"하! 말이 돼? 호진 선배 집안이고, 학벌이고, 뭐가 아쉬워서 승아를 만나? 호진 선배한테 선 들어오는 집안이 최소 '사'짜라는데. 그런 집안은 끼리끼리 만나지."

"그건 그렇지. 호진 선배 집안은 인터넷에 검색만 해도 다 나올 만큼 대단하니까…."

"신분 상승은 드라마에서나 하는 거지. 수준이 비슷해야 연애도 하고, 결혼도 하는 거라고."

적나라한 말에 상처받은 승아는 입술을 꽉 깨물고 주먹을 꽉 쥐었다. 그들을 지나쳐 자리로 가려 했으나, 차마 용기가 나지 않았다. 잠시 고민하던 승아는 이내 뒷걸음질 쳐 몸을 돌렸다. 그러다 부장과 맞닥뜨리게 됐다. 부장은 승아를 지나쳐 가며 따라오라 손짓했다.

"주승아, 잠깐 들어와."

군말 없이 따라 들어간 승아는 책상에 앉은 부장이 자신을 부른 이유를 말할 때까지 그 앞에 얌전히 서 있었다.

"…너, 새벽 스케줄 비어 있지."

"네."

"후임 구할 때까지 〈새벽 5시 뉴스〉 라디오 니가 맡아."

벽 뒤에 숨어 수정과 희영의 대화를 들었던 터라, 퇴사한 윤지가 하고 있던 프로그램인 걸 알았다. 그들의 말마따나 시켜도 군말 안 하는 자신이 발탁된 듯했다. 무어라 말하고 싶었지만 이내 순순히 알겠다는 대답을 내놓았다. 부장은 고개를 끄덕이며 나가라는 손짓을 해 보였고 가볍게 묵례한 승아가 몸을 돌리는 순간, 서류를 살피던 부장이 덧붙였다.

"니 동기들 아무도 안 맡는다고 했어. 그거 막내 때나 맡는 거잖아. 알고 대답한 거지, 주승아?"

"…네."

"하, 나가 봐."

답답하다는 듯한 부장의 대답을 끝으로, 승아는 말없이 발걸음을 옮겼다. 승아의 머릿속에선 자꾸만 이 말 한마디만 메아리쳤다.

"정말 그게 마음이 편하신가요?"

* * *

그리 늦지 않은 저녁 시간, 승아는 또다시 정신건강의학과를 찾았다.

"하고 싶은 말이…. 가슴속이 울렁거리지는 않고요?"

"……."

"그렇게 참으면 승아 씨에게 남는 건 뭔가요?"

"남는 건… 없어요."

"그런데도 참는 이유는요?"

"그러면 분란은 일어나지 않으니까요."

성유미는 그런 승아가 안타깝다는 듯 차분한 눈으로 바라보았다.

"다 조용히 넘어갈 수 있는 일들이잖아요. 나만 참으면. 고작 그 한마디 더 안 붙이면. 고작 그 한 마딘데. 그거 한 마디 더 붙이는 게 뭐가 중요해요? 저는 시끄러워지는 게 더 싫어요. 제가 한 번만 더 참으면 되는데. 분란은요, 하루만 지나면, 아니, 열까지만 세도 일어나지 않아요."

"혹시 지금 떠오르는 일이나 사람이 있을까요?"

그 질문에 승아의 마음속이 소란해졌다. 최근 그녀의 마음을 심란하게 만들었던 모든 일이 떠올라 뜨끔 하는 얼굴로 유미를 바라보았다.

"사람 사이에 일어나는 일은 헤프닝이라고 표현하기도 하죠. 그런데 굳이 분란이라는 표현을 사용하신 이유가 뭘까요?"

정곡을 찔린 승아는 대답하기 어려워 입술만 오물거리고 있었다. 유미는 차분한 얼굴로 승아가 대답을 내놓길 기다렸다. 잠시간의 침묵 후, 고민을 끝마친 승아가 한마디만을 내놓았다.

"…엄마요."

* * *

"다녀왔습니다."

"우리 딸 왔나?"

"승아 왔나~"

연미는 손님의 머리를 말아 주느라 분주했다. 손님은 승아에게 반갑게 인사를 건넸고, 승아 또한 미용실로 들어가 환히 웃어 보였다.

"아이고, 딸내미가 깐 달걀 같이 생겼네. 이쁘데이."

"당연하지, 누구 딸인데. 내 학교 다닐 때는 내 얼굴 한 번 보려고 교문 앞에 서 있던 남자들이 한 트럭이었다 아이가."

승아는 기분이 좋아 보이는 연미의 눈치를 살피더니 가방에서 봉투를 꺼내 엄마에게 내밀었다.

"이게 뭐야?"

"담임 선생님이 엄마 갖다주래."

봉투를 받아 든 연미가 그 안을 살폈다. 그 안엔 만 원짜리 몇 장이 들어 있었다.

"이거를 왜 주는데?"

"선생님이 우윳값 안 내도 된대!"

"…왜?"

"차상위계층이라서?"

봉투의 내용물을 확인할 때부터 찌푸려져 있던 연미의 얼굴은 해맑은 승아의 대답에 더욱 찌푸려졌다. 말없이 봉투만 내려다보던 연미는 이내 욱한 얼굴로 앞치마를 풀어 던지고 미용실을 나갔다. 화가 난 듯한 발걸음에 놀란 승아가 '엄마!' 부르며 후다닥 따라 나갔다.

연미가 향한 곳은 승아의 학교였다. 달음박질하여 도착한 교무실은 바닥에 나동그라진 담임 선생님의 물건들로 엉망이었고, 연미는 승아의 담임 선생님에게 삿대질하고 있었다. 그러더니 이내 그의 얼굴로 봉투를 집어 던졌다.

"우윳값? 니가 뭔데 이깟 걸로 사람을 무시하는데? 어? 몇 푼 안 되는 거, 이것도 못 낼 거 같나, 내가!"

"어머님, 진정하시고요."

찰싹!

담임이 연미의 손을 붙잡고 진정시키려 하였다. 하지만 흥분한 사람을 막을 순 없었다. 담임의 고개가 사정없이 돌아갔다.

"어디 손을 대! 푼돈 갖고 사람 무시하지 마라! 알겠나! 내 그런 사람 아니라고!"

승아는 차마 교무실 안으로 발을 들이지도 못하고 당황한 얼굴로 엄마와 담임을 번갈아 보았다. 그 소란에 몰려든 아이들이 수군거리는 소리가 들렸다.

"주승아네 가난해서 우윳값도 못 내나 봐."

"진짜 별나다. 아줌마 드센 거 봐."

승아는 고개를 들지도 못하고 몸을 돌려 교무실에서 멀어져만 갔다. 쥐구멍에라도 숨고 싶었다.

***

"엄마는 늘 그랬어요. 엄마의 자존심을 건들면 무슨 일이든 쉽게 넘어가는 법이 없었어요. 그게 분란이잖아요."

"모든 아이는 부모에게 큰 영향을 받죠. 부모는 아이들이 자라는 동안 그 아이의 세상이니까요. 특히나 딸들은 엄마라는 존재와 더욱 강하게 연결되어 있죠. 승아 씨에게 어머니는 어떤 존재죠?"

유미의 질문에 승아는 곧장 대답을 내놓을 수가 없었다.

"그럼 아나운서가 되신 이유는요? 어머님 말씀 때문인가요?"

"…제가 엄마 자존심이니까… 지켜 줘야 한다고 생각했어요, 엄마 자존심을."

"자, 승아 씨. 자기 인생에서 제일 중요한 건 본인 자신이에요. 나는 누군가의 자존심이 아니라 그냥 나로서 세상에 존재해요.

 그러니까 내 안에 내가 있는지 잘 들여다봐요. 타인에게 맞춰서 만들어진 나 말고, 진짜 나요. 내가 어떻게 살고 싶어 하는지 말이에요."

12시가 넘은 시각. 승아는 숙직실 침대에 앉으며 새벽 4시로 알람을 맞춘 뒤 호진과의 카톡 창을 열어 보았다.

⟨저녁은?⟩

⟨밥 먹었어?⟩

호진과의 카톡 창은 제가 보낸 메시지로 끝나 있었다. 물론 메세지 옆 1도 그대로였다. 잠시 고민하던 승아는 다시 한 번 메시지를 보내 보기로 했다.

⟨자…?⟩

한참 기다렸지만 1은 사라질 기미가 없었다.

기다리길 포기한 승아는 이내 침대에 누워 눈을 감았으나, 도저히 잠이 오질 않아 몸을 일으켜 숙직실을 나섰다.

삐비빅-!

 귀를 찢을 듯한 알람 소리가 들리고 익숙하게 알람을 끄고 핸드폰을 확인하는데, 4시 52분이었다. 화들짝 놀란 승아는 단번에 몸을 일으켜 숙직실에서 나갔다.

 숙직실 바닥에 나뒹구는 맥주캔이 발에 챘다.

 승아는 제 몰골이 어떤 줄도 모른 채 방송국 복도를 달렸다.

 겨우 도착한 라디오 부스 앞엔 초조한 얼굴로 다리를 달달 떨며 핸드폰을 귀에 대고 있는 엔지니어가 보였다. 시계는 4시 58분을 가리키고 있었다. 그때, 헝클어진 머리, 후줄근한 반팔 티셔츠를 입은 승아가 허겁지겁 들어왔다.

 "야! 하, …승아 씨, 왜 이래! 신입도 아니고!!"

 "헉, 헉, 죄송합니다, 죄송합니다."

 "일단 들어가, 빨리!!"

 승아는 엔지니어를 포함한 스태프들에게 연신 사과를 건네다 서둘러 원고를 받고 라디오 부스 안으로 들어갔다. 숨을 고를 틈도 없이 5시가 되었다. 라디오 시작을 알리는 띵띵- 소리가 들려오고, 숨찬 것을 티 내지 않으려 크게 숨을 들이쉬며 멘트를 쳤다.

 "허업- ABS 다섯 시 뉴스입니다. 첫 번째 소식입니다."

 라디오가 끝나자 부스 문이 열리고 엔지니어가 들어왔다. 변명할 말도 없었던 승아는 고개를 푹 숙인 채 눈치만 보았다. 엔지니어는 한마디 할 생각으로 승아를 바라보았으나, 이내 입술을 꾹 깨물어 감정을 삼켜 냈다.

"죄송합…."

엔지니어는 승아의 사과도 듣지 않고 부스를 나갔다. 그리고 금세 다시 들어왔는데, 손엔 슬리퍼가 들려 있었다.

"승아 씨나, 나나, 먹고살기 쉽지 않다, 참."

어리둥절했던 승아는 그제야 제가 맨발이란 걸 깨달았다.

엔지니어가 건넨 슬리퍼를 받아 신고 숙직실로 돌아가는데, 막 출근하는 직원들이 승아를 힐끔거렸다. 아무래도 몰골이 엉망인 탓일 터였다. 승아는 민망함에 얼굴을 가리고 숙직실로 뛰어갔다.

숙직실은 전날 밤에 승아가 마신 맥주캔으로 엉망이었다.

"미쳤지, 미쳤어."

주섬주섬 맥주캔을 치운 뒤 침대에 앉았다. 잠에서 깨자마자 정신없이 방송을 하고 온 터라 잔뜩 지친 상태였다. 한숨을 푹 내쉬며 핸드폰을 확인하는데, 호진은 여전히 제 메시지를 확인하지 않은 상태였다. 무슨 일이 있나 싶어 전화를 걸어 보고 싶었지만, 시간이 너무 일러 그만두기로 했다.

승아가 언제 그랬냐는 듯 말끔한 모습으로 아나운서실로 들어서자, 대화하고 있던 수정과 희영이 반갑게 인사를 건넸다.

"안녕하세요."

"어, 일찍 왔네?"

"네, 오늘 의학 코너라 원고 숙지 좀 하려고요."

수정의 인사에 화답하고 자리에 앉으려는데, 수정과 희영의 책상에 놓여 있는 청첩장이 눈에 띄었다. 청첩장을 보고 있다는 걸 눈치챘는지 희영이 물었다.
"넌 미리 알고 있었어? 둘이 같이 방송하잖아."
"네? 어떤 거요?"
희영이 정말 몰랐냐는 듯 고개를 기울이자, 수정이 덧붙였다.
"호진 선배 결혼하는 거."
"…네?"
그때 바깥이 소란스럽다 싶더니, 남자 아나운서들과 호진이 아나운서실로 들어왔다. 호진은 멍한 얼굴로 자신을 바라보는 승아에게 다가가 청첩장을 내밀었다.
"방송 끝나고 주려고 했는데 일찍 왔네."
승아는 사람들의 시선을 받으며 얼떨결에 봉투를 받아 들었다. 그러나 이내 할 말이 있으니 따라오라는 시선을 보내며 비상계단으로 향했다.

"뭐 하자는 거야? 결혼을 한다고? 양다리였어?"
"그렇게 됐어."
"뭐가 그렇게… 어떻게 그렇게 돼? 왜 그렇게 당당해? 하… 이래서 비밀연애 하자고 했니?"
"너 결혼 생각 없다며."
"오빠도 없다며…?"
"없지. 너랑 결혼할 생각이."
"…뭐?"
"피차 결혼은 아니잖아. 너도 그냥 가볍게 만난 거 아냐?"
승아는 말문이 막혀서 할 말을 잃고 말았다. 그러나 이유를 묻지 않을 수 없었기에, 떨리는 목소리로 물었다.

"왜… 나랑은 결혼이 아닌데?"

"하, 우리 같은 마음인 줄 알았는데."

호진은 피곤하다는 듯 한숨을 내쉬곤 곧장 몸을 돌렸다. 하지만 승아는 그 이유를 꼭 들어야 했기에 그의 손목을 붙잡고 다시 한 번 물었다.

"왜 난 아니냐고."

호진은 짜증 난다는 듯이 미간을 팍 찌푸리고 대답했다.

"너 정신과 다니잖아. 나, 니 그늘까지 이해해 줄 만큼 여유도 없고, 하… 마음도 없어. 그러니까 이 정도에서 조용히 정리하자. 그게 서로한테 좋을 것 같아."

호진의 입에선 예상치도 못한 말이 흘러나왔다. 승아는 충격에 잘게 떨리기 시작하는 손을 꾹 말아 쥐었다.

그늘.

이 악물고 서울살이를 버텼더니 우울증이 생겼다. 힘든 시간이 많아도 승아는 열심히 살아서 생긴 것이니 조금은 자부심을 가져도 된다고 스스로를 다독였다. 우울증은 일부분일 뿐이라고. 그런데 호진에게 승아의 손바닥만 한 구멍은 그저 그늘이었다. 그 말로 승아가 최선을 다한 20대가 고작 그늘로 치부됐다.

"…서로한테…? 오빠나 좋은 거 아니고?"

"승아야, 우리 둘이 찍은 사진 한 장 없는데 네가 뭘 어떻게 할 건데. 좋은 게 좋은 거잖아. 너 회사 그만둘 거야?"

호진은 그렇게 일방적으로 할 말만 쏟아내고 아래층으로 내려갔다. 홀로 남겨진 승아는 배신감과 억울함에 벌벌 떨리는 손에 힘을 꽉 주었다. 승아는 그제야 청첩장을 열어 보았다. 그런데 그 안에 적힌 신부의 이름이 익숙했다. 성유미. 매주 프로그램의 패널로 출연 중인 출연자이자 자신이 다니는 정신과 주치의, 성유미였다.
한참을 멍하니 서 있던 승아는 떨어지지 않는 발에 힘을 주어 비상구 문을 열고 복도로 나왔다. 그런데 문 근처에서 누군가의 소리가 들렸다. 화들짝 놀라며 어색한 얼굴로 자리를 피하는 사람은 바로 희영이었다. 설마 호진과 나눴던 대화를 다 들은 걸까. 불안했다.

 무슨 일이 있건, 예정되어 있는 방송은 진행해야 했다. 승아는 분장실에 앉아 멍하니 거울만 바라보고 있었다. 헤어, 메이크업을 해 주는 사람들 모두 어쩐지 가라앉은 승아의 눈치를 보느라 아무 말도 하지 않고 제 할 일만 했다.
"승아 씨, 스탠바이할게요."
 스태프가 들어와 진행 상황을 알렸으나, 승아는 여전히 딴생각에 잠겨 있었다. 보다 못한 메이크업 선생님이 승아의 어깨를 톡톡 두드렸다.
"…승아 씨, 스탠바이."
"아, 네, 감사합니다."
 화들짝 놀란 승아는 얼른 원고를 챙겨 분장실을 나섰다. 그런데, 닫히는 문틈 사이로 새어 나오는 목소리에 걸음을 멈출 수밖에 없었다.
"그래서 바람이래? 누가 먼저래?"

방송 시작 전 스튜디오는 언제나 분주했다. 승아와 호진은 언제나처럼 나란히 앉은 상태였다. 호진은 아무 말 없이 원고를 읽고 있었고, 스튜디오 입구에서부터 스태프들과 인사를 나누며 들어오는 성유미가 승아의 눈에 들어왔다.

 승아의 시선은 성유미에게서 떨어질 줄을 몰랐다. 스튜디오 한쪽에 자리를 잡고 앉은 성유미는 아무것도 모르는 얼굴로 승아에게 손을 흔들어 보였다. 애써 인사를 받긴 했으나, 호흡이 잘 제어가 되질 않아 복잡한 얼굴을 숙여 심호흡을 해야 했다.

* * *

 승아의 복잡한 마음과는 다르게 스튜디오에서의 방송은 순조롭게 진행되고 있었다.

 "우울증의 진단기준은 적어도 우울감이 2주 이상 지속되거나 일이나 대인관계에 심각한 지장이 있을 때 우울증이라고 진단합니다. 마음이라는 곳에서 의욕도, 의지도, 흥미도 생겨야 하는데, 마음이라는 흙 터에서 아무것도 자라지 못하게 돼요. 바싹 마른 흙처럼 말이죠."

 유미의 설명을 경청하는 호진과 달리 승아는 어떤 말도 귀에 들어오지 않았다. 그러나 방송을 망칠 순 없었기에, 애써 정신을 차리며 프롬프터를 읽었다.

 "네… 그렇군요. 그렇다면 증상에는 어떤 것이 있나요?"

 "먼저, 기분 자체가 우울하거나 슬픕니다. 불면증을 겪기도, 반대로 과다 수면을 하기도 하고요. 피곤함을 많이 느끼고 무력합니다."

그때, 승아의 눈에 촬영을 구경하러 온 것처럼 보이는 희영과 수정이 들어왔다. 두 사람은 마치 재밌는 구경거리라도 생긴 것처럼 흥미로운 얼굴로 방송을 지켜보고 있었다. 가슴이 철렁했다.

"또 불안하거나 초조해집니다. 잘못한 것이 없는데도 쫓기는 것 같은 기분이 들고요. 또는 짜증스러워지기도 합니다."

유미의 설명이 이어졌으나, 승아의 머릿속에선 희영과 수정의 목소리가 들려왔다.

"쟤네 둘, 바람피운 거지? 주승아 저거 남자 하나 물어서 신분 상승하려다가 망신 제대로 당하네."

"어쩐지, 티도 안 내고 만나더라니. 걸리는 게 있으니까 비밀로 한 거 아니겠어?"

"주승아 진짜 아무것도 몰랐을까? 아~ 아니면 멍청한 건가?"

거리가 멀어서 들릴 리가 없는데, 승아는 희영과 수정이 하는 말이 들리는 것만 같았다. 두 사람이 얼굴을 가까이 맞대고 낄낄대고, 주변의 스태프들이 서로 이야기를 주고받는 모습 전부가 승아에 관해 뒷말을 하는 것처럼 보였다. 불안한 상상이 끊이질 않아 눈물이 고이기 시작했다.

"그리고 쉽게 눈물이 납니다. 생각이 꼬리에 꼬리를 물기 때문에 걱정이 늘어나고, 해결되지 않는 걱정들을 무턱대고 하게 되는 경우 눈물이 나거나 감정을 주체할 수 없기도 합니다."

눈물이 차올라 시야도 흐려져 더욱 불안해졌다. 눈을 한 번만 감았다 떠도 흐를 것만 같았다. 다행히 호진의 순서였다.

"그렇다면 선생님, 현재 우울증을 호소하는 사람들이 늘어나고 있는데요. 병원은 언제 내원하는 것이 좋습니까?"

"어떤 병이든 초기에 치료를 시작하면 비교적 빠르게 치료할 수 있습니다. 놔두면 괜찮아지겠거니, 생각하지 마시고요. 적극적인 치료가 필요합니다."

"*그렇죠, 승아 씨?*"

"……!"

유미의 말은 우울증을 인지한 즉시 내원하라는 것에서 끝났지만, 승아의 머릿속에선 계속되었다. 환청에 놀란 승아가 화들짝 놀라 눈을 크게 떠 유미를 바라보았다.

"*승아 씨 같은 경우엔 알코올 의존증과 우울증으로 저희 병원을 내원하고 계신 환자 중 한 분이신데요. 초기에는 치료가 되는 듯 보였으나, 끝없는 자기 불신과 낮은 자존감으로 현재까지도 남의 눈치나 보며 아직도 머저리같이 구시죠. 지금도 보세요. 아무 말도 못 하잖아요. 자존감이라곤 한 톨도 없어요. 그러니 다들 만만하게 여기죠.*"

환상 속 유미가 웃기 시작하자, 이 공간의 모두가 웃기 시작했다. 마치 유미의 말에 공감한다는 듯이. 사람들의 비웃는 소리가 괴로웠던 승아는 귀를 틀어막았다. 그러나 머릿속을 울리는 웃음소리는 사라질 기미를 보이지 않았고, 더 이상 참지 못한 승아는 입을 열고 말았다.

"조용히 해…. 조용히 하라고…."

"주승아 아나운서…?"

갑작스러운 행동에 당황한 호진이 승아의 어깨를 잡고 살짝 흔들며 그녀를 불렀다. 그러나 눈물이 가득 찬 승아는 자리를 박차고 일어나 빽 소리를 질렀다.

"닥치라고, 씨발!!"

승아의 목소리는 생방송으로 티비를 타고 전국으로 송출됐다.
스튜디오는 한바탕 아수라장이 되었다. 뒷수습을 하기 위해 분주한 공간, 승아는 고개를 푹 숙인 채 가쁜 호흡만 내쉬고 있었다.
그게 마지막이었다. 승아는 방송사고 후 얼마 지나지 않아서 사표를 내고 홀연히 사라져 버렸다.

봄기운이 완연한 시골 마을의 한 카페, 한 여자가 핸드폰으로 영상을 보고 있었다.

-농촌이 살아야 나라가 산다! 내 고향 애화리로 오세요!

여자 앞엔 주먹을 꽉 쥐고 핸드폰 화면과 똑같은 포즈를 취하고 있는 우석이 있었다. 여자는 핸드폰을 내려놓으며 떨떠름한 얼굴을 해 보였다.

"아… 방송 나오셨다는 게… 이런 방송이셨구나."

"제가 그 방송 나가고 온 동네가 떠들썩했다 아입니까. 동네 아지매들이 죄다 선 자리 주선하겠다고 난리도 아니었다니까요."

"아, 그럼… 직원도 여러 명이고 개인 사업하신다는 게…."

우석은 핸드폰을 가리키며 너스레를 떨었다.

"예, 제가 사과 농사지은 거를 다이렉트로 직접 판매까지 하고 있다 아입니까."

"아…. 듣기로는 생과고 출신이라고 하시던데…."

"촤하하하하! 제가 학교 다닐 때는 그게 농고였거든요? 근데 몇 년 지나고 생과고로 간판을 바꾸대요? 촤하하하!"

"그럼 나랏돈 받는 명예직이라는 건…."

"제가 최연소 아닙니까! 최연소 이장!"

"아… 결혼 생각 있으신 여자를 찾으신다고 들었는데요."

"제가 또 이제 삼십 줄에 접어들었고, 제 동생이 저보다 일찍 시집을 갔거든요. 집에 사람이 없으니까 적적하기도 하고."

여자는 잔뜩 실망한 듯했으나, 우석은 눈치 없이 해맑기만 했다. 사람이 없어 적적하다는 말에 어이가 없어진 여자가 이상형을 물었다.

"…혹시 이상형이 어떻게 되세요?"

"지연 씨처럼 예쁘고 착하신 분이면 감지덕지지요. 제가 워낙 가족이 없이 자라다 보니까 집이 북적북적했으면 좋겠다~ 늘 생각했거든요."

"아…."

눈치는 없는 우석의 말에 마음이 차갑게 식은 여자는 어떻게 대답해야 할지 몰라 그냥 어색하게 웃어 보일 뿐이었다.

"좌우지간 저는 아들 둘, 딸 둘 낳고 살고 싶습니다. 어르신들이 어느 놈이 효자 될지 모른다고 많이 낳으라고들 하잖아요. 옛말 틀린 거 한 개도 없다 아입니까."

"…연애는 해 보셨어요?"

"아~ 당연하죠! 제가 또 연애할 때는 거진 상남잡니데이!"

"아~ 네. 그럼 일어날까요?"
"예? 벌써요?"
지연은 진작부터 흥미가 식은 상태였기에, 소개팅 자리를 금방 마무리 지었다.

* * *

"이 여자가, 눈이 발바닥에 달렸나. 니가 어때서! 참나, 그 여자는 뭐, 이상형이 뭐라던데?"
우석은 사과꽃이 만개한 사과밭에서 적화를 하고 있었다. 현택도 그 옆에서 그의 일을 돕고 있었는데, 소개팅에서 대차게 거절당했단 소리를 들으니 분개하지 않을 수 없었다.
"…눈치 있는 남자?"
"촤! 아주 눈치가 덕지덕지 붙었구만. 어이가 없네. 니는 이상형이 뭐라고 했는데?"
"지연 씨처럼 예쁜 여자라 했지."
"대답도 잘했구만! 웃기는 짬뽕이네, 아주."
"그러니까. 내가 늘상 아부지가 하시는 말에 감명을 받아 가지고 마음에 새겨 놓고 산다 아이가."
"아부지? 우리 아부지?"
아버지가 언급되자 현택은 가슴이 철렁했다. 우석이 고개를 끄덕일 땐 거의 발바닥 아래의 땅이 무너지는 것만 같았다.
"니 설마… 그거 얘기한 거 아니제?"
"뭐?"

"어느 놈이 효자 될지 모르니까⋯."
"일단 많이 낳고 봐야 된다. 그래가 아들 둘, 딸 둘 낳고 살고 싶다 했지~"
"⋯그 여자가 눈이 제대로 달려 있었네."
"왜! 뭐가!"
 그 이야기를 듣자, 현택의 눈동자도 지연의 눈동자처럼 싸늘해졌다. 우석은 이어진 현택의 말도 이해하지 못하는 듯 큰 소리로 이유를 물을 뿐이었다. 현택이 어이가 없어 고개를 젓는데, 휴대폰이 진동했다.
"어, 엄마. 어?! 아부지가??"

 현택은 그 길로 병원으로 향했다. 혜숙과 윤정이 병실에 미리 와 있었고, 대수는 깁스를 한 채 병실 침대에 기대앉아 있었다.
"아니, 멀쩡하던 다리가 왜 부러졌는데요?"
"높은 데서 떨어져가지고 뎅강- 돼 부렀단다."
"뎅강이 뭐고! 뎅강이! 니는 지금 이게 재밌나!"
 기겁한 현택과 달리 혜숙은 제가 한 말에 대로하는 대수가 웃긴지 입술을 꾹 깨물어 웃음을 참았다. 현택이 다시 한 번 이유를 물었으나 대수는 민망한 얼굴로 목만 가다듬었다. 답답하단 듯 바라보던 윤정이 대답해 주었다.
"저 마을 초입 언덕에 폐가 한 채 있잖아. 거기서 넘어지셨대."
"거기서 있다가 넘어질 일이 뭐가 있는데?"
 현택이 어리둥절해 묻자, 대수가 답답한데 민망하단 얼굴로 대답했다.

"그냥 있다가 넘어진 거 아니라니까! 귀…신이었다니까…."
"예?"
"…귀신이었다고."
"뭐라카노, 아부지."

영 이해를 못 하는 듯한 현택의 모습이 답답했던지 혜숙이 크게 소리쳤다.

"귀신! 귀신! 니 아부지 거기서 귀신 보고 나자빠졌다 안 하나!"
"…예? 무슨 밥 잘 잡수고 흰소리를…."
"아, 진짜라니까! 허여멀건 게! 머리도 희끄무레하고! 분위기가 요상했다니까? …그 폐가 모르나, 그 집에 살던 사람들 다 이 세상 사람 아닌 거."
"구십 넘어서 저세상 가셨으면 호상…."
"아! 진짜 귀신이었다니까! 니 거기 폐가! 갔다 와 봐라! 당장에 가 보라니까? 사람 말을 못 믿네."

대수가 겁먹은 얼굴로 열심히 상황을 설명하는데, 아무도 믿어 주는 눈치가 아니었다. 답답함에 당장에 다녀오라고 소리치자, 현택이 그를 달래려는 듯 알겠다고 대답했다. 그러나 혜숙이 쓸데없는 소리 하지 말라는 듯이 대수를 째려보았고, 현택에겐 가 볼 필요 없다는 듯이 손을 내저었다. 그러며 윤정에게 눈치 주듯 힐끔 눈길을 보냈다.

"가긴 어딜 가. 니 올해 삼재라서 몸조심, 또 조심하라고 했제. 부는 바람에도 몸 사려야 된다니까."
"제가 이장한테 갔다 오라 할게요. 동네 대소사는 이장이 나서야죠."

"그래, 별일도 아닌데 이장님한테 쓱 둘러보고 오라고 해라."
"예… 어머님."
 대수는 '별일도 아닌데'란 말에 버튼이 눌린 듯 노발대발하며 몸을 일으키려 했다.
"뭐?! 별일이 아니야?! 이 여자가!!"
"아, 아부지!!"

우석은 밤늦게까지 수자, 정례와 함께 20kg짜리 사과 박스를 포장하고 있었다. 윤정에게서 대수의 이야기를 전해 들은 우석이 박스를 정리하다 말고 물었다.

"뭐? 귀신?"

"그래, 거기 폐가에서 보고 넘어지셨단다."

"아부지는 괜찮고?"

"괜찮으신 거 같은데, 한번 갔다 와 보라시네."

"어디를? 폐가를? 지금? 무슨 귀신 같은 소리 하노."

우석과 윤정의 대화를 들으며 사과를 포장하던 수자와 정례가 한마디씩 했다.

"현택이 아부지 다리 부러졌다더니, 진짠갑네."

"동네 흉흉하드만, 일 한 번 날 줄 알았다."

"아이, 어무이들까지 왜 그니껴."
"이장님요, 그 폐가 진짜 이상하다니까. 거기서 이상한 거 느낀 사람이 한둘이 아니여. 나도 요상했다니까?"

 수자는 그 말을 하고 잠시 주변을 둘러보더니, 비밀이라도 말하는 것처럼 목소리를 낮추고 얼마 전에 자신이 겪은 일에 관해 이야기해 주었다.

"폐가 주변에 도깨비불 같은 게 왔다~ 갔다~ 한다고. 그 안에서 쿵쿵쿵 망치질하는 것 같은 기분 나쁜 소리도 들리고, 그 근처에서 개 데리고 산책하면 뒤에서 뭐가 지나다니는 것 같다니까. 동네 개들이 틈만 나면 짖는다 아이가. 그라고… 허여멀건 거를 본 사람이 한둘이 아니야."

"에이, 귀신이 어디 있니껴."
"진짜라니까. 동네가 흉흉하다, 이장님. 이래가 무서워서 살겠나."
"아따 마, 걱정 붙들어 매소. 제가 이따가 가 볼게요. 제가 또 귀신 잡는 해병대 출신 아입니까. 껄껄-"

 결국 우석은 늦은 밤임에도 불구하고 폐가를 방문하기로 했다.
"귀신이 어디 있다고. 말도 안 되는 소리지."
"근데 내는 왜 데려가는데?"
 우석을 따라오고 있던 윤정이 어이없다는 듯이 헛웃음을 치며 물었다.
"니 태권도 사범이잖아."
"귀신 잡는 해병대라며."

"나는 과거형이고, 니는 현재진행형이고."

"니… 오빠 맞나?"

"니는 앞에서 망보고 있어라. 오빠야가 들어가 볼 테니까."

열심히 오른 덕분에 언덕 끝에서 폐가가 보이기 시작했다. 공기부터 스산해진 것 같아 살짝 긴장하고 있는데, 누군가의 손이 우석의 어깨를 짚었다.

털썩-

우석은 그대로 기절하듯이 바닥에 드러누웠다. 당황한 현택이 우석의 양어깨를 붙잡고 거칠게 흔들었다.

"야! 석아! 우석아!"

"으이고…. 가기 싫으면 가기 싫다고 말을 하든가. 여기 누워 있어라. 집에 먼저 갈게."

기절한 척하는 우석의 모습이 못마땅했던 윤정이 고개를 저으며 등을 돌리자, 우석이 아무 일 없었던 것처럼 벌떡 일어나 태연하게 말했다.

"현택이 왔나. 뭐 하러 왔노."

"걱정돼서 왔지, 마."

윤정이 쯧쯧, 혀를 차고 앞서 걷자 현택과 우석이 헐레벌떡 그 뒤를 따랐다.

"같이 가자!"

윤정과 현택은 폐가 문 앞에 서서 주변을 살폈다. 윤정이 뒤늦게 온 우석에게 고갯짓하며 물었다.

"앞에 서 있으라며?"

"그라믄 현택이랑…."

그 순간, 윤정이 현택의 팔을 붙잡고 제 쪽으로 잡아당겼다.

"현택이 오빠야는 올해 삼재라서 안 된대."

"…야랑 내랑 동갑인데, 그라믄 내도 삼재 아이가?"

윤정은 우석의 말을 못 들은 척 고개를 돌렸다. 황당한 우석이 현택을 바라보자, 현택도 윤정과 마찬가지로 시선을 돌렸다. 한숨을 내쉰 우석이 둘을 번갈아 노려보다 핸드폰 플래시를 켜고 폐가 문턱을 넘었다.

"뭐가 무섭다고, 참나…."

핸드폰을 들어 여기저기 불빛을 비추며 너저분한 폐가 안을 슥슥 둘러보았으나 특별한 것이 있는 것 같진 않았다. 그 순간, 주방에서 끼익- 문 열리는 소리가 들렸다. 그 소리에 긴장한 우석은 소리가 들려온 쪽으로 천천히 발걸음을 옮겼다.

"혼자 보내도 되나."

"뭐가 있겠나. 사람들이 그냥 하는 소리겠지."

"쟈가 생각보다 간이 조막만 해 가지고."

"긴장 좀 하고 살라고 해라."

"…뭔 일 있나?"

폐가 앞에서 우석을 기다리던 현택이 걱정스럽게 중얼거리자, 윤정이 별일 있겠냐는 듯 여유롭게 대답했다. 그러나 그 목소리에 화가 담겨 있었다.

"저 새끼가, 또 깠단다. 소개팅."

"뭐?! 우석이가 깠다고? 왜? …저거 설마 아직도 못 잊은 거 아니겠제?"

 윤정과 현택의 대화를 알리 없는 우석은 잔뜩 긴장한 채 주방으로 다가갔다. 이내 뒷마당과 연결된 주방 쪽문이 열려 있는 게 보였다. 스산한 광경에 머뭇거리던 우석이 쪽문을 잡고 밖을 살피는데, 뒤쪽에서 쿵! 뭔가 떨어지는 소리가 들려 왔다. 화들짝 놀라 어깨를 움츠리며 뒤를 돌아보니 술병 여러 개가 나뒹굴고 있었다.
 "술병…?"
 그 순간, 옆쪽에서 발소리가 들려오기 시작했다. 타악- 타악- 서서히 가까워지는 소리에 심장이 터질 것만 같았다. 우석은 본능적으로 손에 잡히는 나무막대 하나를 쥐어 들고 뭔지 모를 것을 향해 휘둘렀다.
 휘익-
 딱!
 "으아아악!!"
 힘껏 휘두른 나무막대에 맞은 무언가는 곧장 철퍼덕, 바닥에 쓰러졌다. 둔탁한 촉감을 느낀 우석은 한동안 상황 파악이 되지 않았다. 귀신도 방망이로 잡을 수 있던 것이었나. 갸웃하던 우석이 정신을 차리고 자세히 보니 다름 아닌 사람이었다. 어딜 맞은 건지, 엎어져있는 사람은 미동도 하지 않았다. 귀신을 때려잡은 것보다 더 심각해진 우석은 미동도 없는 사람을 막대로 쿡쿡 찌르며 조심스럽게 물었다.
 "저기요, 사람…이세요? 예? 저기요…!"

그때, 엎어져 있던 사람이 벌떡 고개를 들었다. 금색인지 회색인지 밝은 머리를 휘날리며 몸을 일으키는데, 이마에서 피가 주르륵 흘러내렸다.

"주…승아?"

아는 얼굴이었다.

첫사랑, 전 여친, 끝사랑. 우석의 연애의 시작이자 종지부.

온갖 수식어가 다 붙어 있는 한 사람, 승아였다.

"하, 그만 만나자, 우리."

승아는 그 말만을 남기고 자리에서 일어났고, 우석은 급히 승아를 쫓아나갔다.

"아니, 왜. 우리 딸내미가 왜 화가 났으까? 어? 떡볶이가 입에 안 맞나? 그라믄 딴 거 먹으면 되지. 왜 헤어지자 카노, 오빠야 섭섭하게. 어? 돈가스 먹을래? 아니면 니 좋아하는 삼겹살 먹으러 갈까?"

"너는 내가…!"

승아는 서러운 눈으로 잠시간 노려보더니 이내 제 손목을 붙잡은 우석의 손을 차갑게 쳐냈다. 우석을 등지고 멀어져만 갔다.

황당한 이별이었다. 농담이라 여겼던 우석은 그 후로 승아를 볼 수 없었다. 다른 말을 들을 수 없었다. 승아가 고향을 떠나 영영 돌아오지 않았다. 이별을 받아들일 수 없던 우석은 한동안 방황했다. 어디다 물어보기도 수치스러운 이별이었다.

그랬던 그녀를 다시 만났다. 이별했던 순간만큼 황당한 모습으로.

 소란을 들은 윤정과 현택이 폐가로 뛰어 들어왔다.

 "주승아? …어?"

 "주승아…?"

 우석은 너무 놀라 어떤 말을 해야 할지 몰라 그저 왜 여기에 있느냐는 말만 반복할 뿐이었다.

 "니… 니…? 니가 왜 여기에…?"

 승아는 이마를 따라 흐르는 피를 슥- 닦았다. 티비로만 보던 조신하고 단아하던 모습은 찾아볼 수 없는 비주얼이었다. 손바닥을 적신 피를 보고도 승아는 태연하게 대꾸했다.

 "아… 뚝배기에 빵구난 거 같은데. X나 아프네."

 그 말에 윤정과 현택은 믿을 수 없단 얼굴로 눈을 비볐다. 우석의 얼굴은 점점 창백해졌다. 그에게 트라우마를 남긴 첫사랑이 다시 돌아왔다. 상상도 할 수 없었던, 예사롭지 않은 모습으로 말이다.

승아는 소주 한 병, 맥주 한 병을 계산대에 내려놓았다. 슈퍼주인이 의심스러운 눈으로 승아를 살피자 지갑에서 신분증을 꺼내 당당히 보여 주었다.
"하이고, 오늘부터 스무 살이다 이거라?"
"예, 저 이제 스무 살이에요."
"스무 살짜리 거랑 이것도 같이 계산요."
 그때 뒤에서 나타난 우석이 막대사탕 두 개를 내밀며 승아의 것까지 함께 계산해 버렸다.
"왜! 내가 할 건데!"
"스무 살 된 기념으로 오빠야가 살게."
 우석은 씨익 웃으며 그렇게 말하곤 술과 사탕을 들고 가게를 나섰다. 승아가 쿵쿵 발소리를 내며 그 뒤를 따랐다. 슈퍼주인은 귀엽다는 듯 흐뭇한 미소를 걸었다.
"스무 살이나 스물한 살이나."
 곧 윤정이 소주와 맥주를 양손 가득 들고 와 계산대에 내려놓았다. 그 뒤를 따라오던 현택이 "뭐를 이래 많이 살라고…." 중얼거렸다. 슈퍼주인은 카운터에 올려진 술들을 보고 놀랐으나, 윤정은 신분증을 당당히 꺼낼 뿐이었다.
"아줌마, 저도요."
"니 그래 먹으면 죽는다니까!"
"내가 주승아보다는 잘 먹지!"

윤정은 잔뜩 술에 취해 사과밭의 정자 주변을 망아지처럼 뛰어다니고 있었다. 현택도 그런 윤정을 붙잡기 위해 술기운에 무거워진 다리를 열심히 놀리고 있었다. 우석과 승아는 전지한 사과나무로 모닥불을 피워 놓고 나란히 앉아 몸을 녹이고 있었다. 그들 주변에 널브러진 술병의 수가 꽤 되었다. 우석은 승아의 어깨를 타고 내려와 대충 걸쳐져 있는 담요를 끌어 올려 주며 물었다.
"안 춥나?"
 승아는 술에 취한 얼굴로 헤- 웃을 뿐이었다.
"그렇게 술이 먹어 보고 싶다드만, 니 맥주 한 잔 마신 거 알제?"
 우석이 또 물었으나 승아는 또다시 대답 없이 배시시 웃어 보였다.
"하, 귀엽기까지 하면 도대체 내보고 우짜라고."
"오빠야, 내 또 하고 싶은 거 있었어."

"뭔데?"

"일로 와 봐."

"……?"

"더 가까이 와 봐라."

승아의 재촉에 더 가까이 다가가자, 씨익- 웃은 승아가 우석의 입술에 쪽, 뽀뽀하곤 이렇게 속삭였다.

"1월 1일만 기다리고 있었다고."

"니 이래 이쁘면… 오빠야 오늘 심장마비로 관 뚜껑 닫는데이."

우석은 예쁘게 웃는 승아를 바라보며 심장을 부여잡는 듯한 시늉을 해 보였다.

응급실 원무과에 병원비를 수납한 뒤에도 우석은 여전히 멍한 정신을 차릴 수가 없었다. 멍하니 대기석에 앉아 있는데, 마침 주차를 마친 현택이 들어왔다.

"우째 됐노. 승아 괜찮다나?"

"나도 모르겠다. 지금 치료받고 있는데…."

"아이고, 야야…. 이게 다 뭔 일이라노. 사람이 거기 있을 줄 누가 알았겠나. 그것도… 승아가."

"몰랐지…. 하… 똑배기?"

"별일 없겠지. 일부러 그런 것도 아이고."

우석이 제 손을 내려다보며 작게 중얼거리자, 현택이 우석의 어깨를 툭툭 두드리며 위로해 주었다. 그 순간, 의사의 목소리가 들려 왔다.

"주승아 환자 보호자분! 빨리 와 보셔야 될 것 같은데요."

"예? 와요! 뭔 일 있습니까!"

우석과 현택이 급히 응급실 안으로 들어가자, 문 앞에 선 의사가 심각한 표정을 짓고 있었다.

"와요, 생각보다 상태가 심각합니까, 선생님?"

"예, 많이 심각합니더."

의사가 가리킨 곳으로 다가가자 이마에 거즈를 붙이고 앉아 있는 승아가 보였다. 두 사람은 황당함에 벌어진 입을 닫을 수가 없었다.

"흐음, 술…냄새."

승아가 코에 알코올 솜을 대고 킁킁대고 있었기 때문이었다. 그것으로도 모자라 침대 옆에 놓여 있던 알코올 솜이 담긴 통을 마시려 들었다.

"환자분! 이거 마시는 거 아니라니까요!"

"사장님, 딱! 한잔만 한다니까요. 딱 한 잔만요!"

"여기 응급실이라니까요, 병원이라고요, 병원!"

"제가요, 오늘은 진짜 술이 땡겨서요. 한잔만 하고 갈게요. 네?"

술에 취해 몸도 가누지 못하면서 소독약을 집어 드는 승아와 그녀를 뜯어말리느라 잔뜩 지친 간호사. 현택과 우석은 눈에 보이는 상황을 믿을 수가 없었다.

"저거… 왜 저러노?"

"선생님… 쟈 괜찮은 거 맞습니꺼…? 많이 아파서 저러는 거 아입니까?"

"많~이 취하셔서 아픈 것도 모르실 거예요. 이마 꿰맬 땐 마취도 안 했어요. 얼른 좀 데려가세요, 제발."

***

 차가 흔들릴 때마다 승아의 고개도 이리저리 사정없이 흔들렸다. 현택은 허연 머리카락이 흔들릴 때마다 어쩔 줄 몰라 했고, 우석은 심란한 얼굴로 승아를 힐끗 보다 미용실 앞에 차를 세웠다. 불 꺼진 미용실 앞엔 〈개인 사정으로 당분간 쉽니다〉라고 적힌 팻말이 걸려 있었다.
 "맞다, 우석아. 어무이 친정 가셨잖아."
 "그러니까 데리고 왔지. 어무이가 집에 있으면 이 꼴을 보고 들여보내 줄 것 같나."
 "하긴. 집 비밀번호는 아나?"
 그 물음에 우석도 당황하고 말았다. 우석은 차에서 내리려다 말고 승아를 흔들며 비밀번호를 물었다.
 "주승아, 어무이 집 비밀번호 뭔데? 어? 눈 좀 떠봐라. 승아야! 주승아!"
 하지만 승아는 아무리 흔들고, 아무리 소리쳐 불러도 미동도 없었다. 푹 숙이고 있던 고개가 들리더니, 의자에 툭 기대어 입마저 벌린 채 푸우우- 술 냄새 가득한 숨을 내쉬었다. 여전히 잠에선 깨지 않은 채였다. 우석과 현택이 난감한 눈빛을 주고받는데, 현택이 먼저 말을 꺼냈다.
 "저 입에서는 오늘 못 들을 거 같은데. 너희 집에서 하루 재워라."
 "우리 집? 내가 왜! 싫다!"
 "그라믄 야를 길바닥에서 재우나. 밖에서 자면 입 돌아갈 텐데, 아직."
 "너희 집…."

"니, 윤정이 성격 모르나? 그라고….."

현택은 그리 말하다 승아의 상처를 가리키며 말을 덧붙였다.

"니가 이랬잖아."

"에이씨…."

잠시 고민하던 우석은 어쩔 수 없다는 듯 한숨을 내쉬곤 차를 출발했다.

"뭐?! 주승아를 왜 거기서 재우는데?"

상황을 다 들은 윤정이 분개하며 당장 우석의 집을 찾아가겠다는 듯 자리에서 벌떡 일어났다. 현택은 재빠르게 윤정의 팔을 잡고 뜯어말리기 시작했다.

"그라면 갸를 어디서 재우는데? 우리 집에서 재우나? 오랜만에 동창이 고향에 왔으니까 오서 오십쇼, 하고 니가 재워 줄래?"

"절대 안 되지! 내가 왜!"

"그니까, 갈 데가 어디 있냐고. 머리 깨져서 피가 철철 나는 아를 아무 데나 던져 놨다가 눈 뜨고 고소라도 하믄 우짤 낀데?"

그 말엔 할 말이 없는지 윤정이 거칠어진 숨을 고르다 어쩔 수 없다는 양 소파에 철퍼덕 앉았다. 현택도 답답하다는 듯 냉장고에서 생수를 꺼내 콸콸 따랐다.

"우석이는 얼마나 심란하겠노. 십여 년 만에 첫사랑을 그 꼴로 만났는데…."

"지랄."

"니, 뭐 아나. 남자한테 첫사랑이 뭔지. 소개팅 계속 까는 거 보면 10년 넘게 가슴에 숨겨 놓고 살았다는 말인데. 새끼… 순정 넘치네. 오늘만 그냥 둬라."

 우석의 순정에 감탄했다는 현택의 말이 어이가 없었던 윤정은 한숨을 푹 내쉬곤 답답한 가슴을 두드리더니 으유! 하며 제 방으로 들어가 쾅, 소리가 나도록 방문을 닫았다.

 우석은 현관문을 열기 위해 잠시 자리를 비운 참이었다. 막 차로 돌아오는데, 조수석에서 자고 있던 승아가 사라졌다. 놀라서 트럭 주변으로 한 바퀴를 돌아보는데, 마당 한쪽에 있는 개가 소란스럽게 짖어 댔다. 자세히 보니 승아가 개집에 머리를 구겨 넣고 있었다.
 "…자 와 저러노…."
개가 승아를 향해 짖는 걸 멈추지 않자, 승아 또한 지지 않겠다는 듯 개를 향해 소리를 질렀다.
 "너 지금 집 있다고 유세 부리냐? 하여튼 있는 것들이 더 해! 있는 것들이! 노블레스 오블리주도 모르니, 너는? 이게 보자 보자 하니까 누군 큰 소리 못 내는 줄 알아? 너는 왈왈 밖에 못 하지? 하! 나는 말도 할 줄 알어! 간장 공장 공장장은 강 공장장이고 된장 공장 공장장은 공 공장장이다!"
 우석의 얼굴은 점점 굳어 갔다. 이별 후 그녀와의 재회를 줄곧 상상했었다. 같은 고향 사람이기 때문에 언젠가 한 번은 만날 거라 생각했다. 그러나 이런 재회는 우석의 리스트에 단 한 컷도 존재하지 않았다. 그럴 리가 없었다. 첫사랑이 이토록 흉악한 모습으로 변했을리가. 우석의 얼굴은 점점 질려 가기 시작했다.

시골 동네는 이른 아침부터 하루가 시작됐다. 차를 타고 동네를 돌던 우석은 여러 사람과 인사를 주고받았다.

"아부지, 식사하셨습니꺼~"

"어무니, 모자 샀는갑네!"

"그래 느긋하게 해 가지고 오늘 일 끝내겠나!"

"이모! 다다음 주에는 우리 밭에 일해 주러 와야 된데이! 알제!"

동네 한 바퀴를 다 돈 뒤, 사과밭으로 돌아온 우석은 장갑을 단단히 끼고 섬세한 손놀림으로 가운데 꽃 무더기를 남겨둔 채 나머지 꽃들을 잘랐다. 봄맞이 적화 중이었다.

"올해도 영근 사과 잘 달려야 된데이. 더도 말고 덜도 말고 내 주먹만큼만 크자, 알았제? 으휴, 이쁜 것."

그때 수자와 정례가 밭으로 들어왔다. 어젯밤의 소란을 들었는지 수자가 물었다.

"이장님요, 어젯밤에 집에서 큰 소리 나는 거 같던데, 뭔 일 있었나?"

"…일은 무슨. 그냥 뭐를 잘못 봤는지 개가 막 짖더라고요."

"그 집 개가 짖어대 가지고 온 동네 개가 합창을 하는 바람에 시끄러워 죽는 줄 알았다."

정례가 고개를 저으며 푸념하자 수자가 문득 생각났다는 듯 폐가에 관해 물었다.

"아, 귀신은 어떻게 됐노? 폐가 가서 확인해 봤나?"

"아… 그거…. 귀신 아니고 그냥 개…던데요, 개."

우석이 고개를 저으며 그리 대답하자, 수자와 정례가 기겁한 얼굴로 한마디씩 했다.

"개라고? 엄마야… 동네에 들개 돌아다니는 갑제?"

"들개가 여간 사나운 게 아인데. 그게 남의 집 닭도 잡고, 염소도 잡고, 난리도 아니잖아."

"…안 그래도 우리 집 개도 잡드라고요."

"조만간에 대대적으로 한 번 소탕을 해야 되겠노."

"예, 억수로 위험해 보였어요. 억수로."

***

승아는 한낮이 다 되어서야 눈을 떴다. 온몸이 두들겨 맞은 것처럼 아프고 찌뿌둥해 누운 채로 기지개를 켠 뒤 혼몽한 눈으로 주변을 둘러보았다. 시야에 들어차는 천장, 벽, 침대 모두 익숙하면서 낯선 느낌이었다.

"…뭐야, 여기… 어디야?"

잠이 덜 깬 몸을 겨우 일으켜 거실로 나가 주변을 둘러보았다. 집 안엔 그 흔한 사진 한 장 걸려 있지 않았고, 모자, 안마봉, 파리채 같은 잡다한 물건들이 벽에 걸려 있었다. 마치 할아버지 집에 온 것만 같은 느낌이었다.

"뭐야…."

그때, 창가에 놓인 빨래 건조대가 눈에 들어왔다. 걸려 있는 옷가지는 남자 양말, 런닝, 팬티, 그리고 어제 제가 입고 있었던 흰 원피스!

정신이 번쩍 든 승아는 벽에 걸린 거울로 향했다. 거울 속 승아의 몰골이 가관이었다. '애화 사과 축제'라는 글자가 크게 박힌 티셔츠를 입고, 머리엔 기억에 없는 거즈가 붙은 채 그 주변이 피딱지로 엉망이었다. 몸을 돌려가며 살피니 팔다리엔 멍까지 들어 있었다. 아무리 어제 일을 떠올려 봐도 기억이 나지 않자 점점 겁이 나기 시작했다.

그런데 트럭 멈추는 소리가 가까이에서 들려왔다. 본능적으로 두려움이 몰려왔다. 당장 집에서 벗어나기 위해 현관 이외의 출구를 찾았다. 그러나 이미 현관 비밀번호를 누르는 소리가 들렸다. 에라 모르겠다 싶었던 승아는 가까이 있던 안마봉을 쥐었다. 잔뜩 긴장한 채로 문 옆에 서서 대기하다 문이 열리는 순간 힘차게 안마봉을 휘둘렀다.

"이 새끼야! 너 뭐야!!"

퍽, 퍽-

습격을 생각지도 못했던 우석은 안마봉을 피하지 못했고, 집주인을 확인할 겨를도 없던 승아는 두 눈을 꼭 감은 채 안마봉을 휘두르기 바빴다.

"아! 미쳤나, 이 가시나야!!"

한 대 더 때리려 막 팔을 들어 올리던 승아는 익숙한 목소리에 두 눈을 떴다. 잔뜩 인상을 쓴 우석이 승아의 앞에 서 있었다.

"이우석…?"

"그래! 내라고!"

승아는 그대로 굳었다. 10년 만의 재회는 우석만의 일은 아니었다. 승아 역시 이런 만남은 생각지도 못했다. 그러나 재회의 애틋함 따위보다 빨래 건조대에 걸린 승아의 원피스가 더 강렬하게 눈에 들어왔다. 승아는 다시 한 번 안마봉을 휘둘렀다.

"이 변태 새끼가!!"

"뭔데!!"

소란스러운 소리에 현택과 수영이 헐레벌떡 현관으로 들어섰다. 그들이 발견한 건 안마봉을 들고 서 있는 허여멀건 뒤통수와 머리를 부여잡은 채 앉아 있는 우석이었다.

"아이고, 집에 웬 외국인이 다 들어앉아 있… 이목구비가 어디서 많이 본…? 승아 아이가? 야아! 오랜만이다!"

상황을 파악해 보려던 수영은 안마봉을 든 이가 승아임을 금세 알아보았다. 작게 신음을 흘리는 우석은 신경 쓰이지 않는다는 듯 그저 반갑게 승아를 맞이했다.

우석은 잔뜩 뿔난 채 계란을 들고 얼굴에 굴리고 있었고, 승아는 우석에게서 떨어진 곳에 앉아 우석을 노려보고 있었다.

"하! 촤! 저거 눈빛 봐라! 내 진짜 아무 짓도 안 했다니까? 내가! 니를? 가시나 니를?? 어?"

"그럼 이건 뭔데? 이마에 이 상처! 어?"

"승아야, 그거는…."

대거리하는 승아와 우석을 보던 현택이 상황을 설명하고자 끼어들었으나, 승아의 기세를 이길 순 없었다.

"이거, 멍은? 팔에, 다리에 멍은? 왜 내 몸이 멍투성이야?"

"그러게, 근데 멍은 왜 들었노?"

"야! 그게 아이고!"

현택도 그제야 멍을 발견했는지 고개를 기울이곤 의아하다는 듯 우석을 돌아보았다.

"그리고! 옷은! 내 옷이 왜 저기 걸려 있어? 이 옷은 뭐고!"

"아니제, 오빠야?"

승아의 옷 이야기에 수영도 우석을 향해 의심의 눈길을 보냈다. 쏟아지는 물음에 억울해진 우석은 아악!! 소리 지르더니 웃통을 벗어 보였다.

"이거 보이나? 어??"

우석 또한 온몸이 멍으로 가득했다. 누군가에게 물린 자국처럼 보이기도 했다. 승아와 수영이 기겁하여 숨을 들이켰고, 현택도 당황한 눈으로 멍 자국을 살폈다.

"야야… 우석아, 니 개한테 물렸나?"

"쟈! 쟈한테 물렸다! 쟈! 저거한테!"

수영이 가까이 다가와 상처들을 살피며 물었다.

"이거는 사람 이빨이 아닌데?"
"하, 내가 물었다고? 증거 있어?"
"있지! 내 차 블랙박스에 아주 고스란히 찍혀 있지! 니 보고 안 쪽팔릴 자신 있나? 아주 후회를 할 텐데?"
"후회? 내가 왜!"

 지난밤, 승아는 저를 향해 짖어 대던 개와 마주 본 채 왈왈, 개처럼 짖었다. 우석이 승아를 뜯어말렸으나, 흥분한 개가 이리저리 뛰다가 목줄이 풀리고 말았다. 우석이 개를 잡으러 간 사이, 승아는 마치 퇴근하고 귀가한 사람처럼 개집 앞에 서서 신발과 옷을 차례로 벗었다.
"저거, 저거, 미친 게 틀림없다. 곱게도 안 미치고 아주 드럽게 미쳤네."
 우석이 겨우 개를 잡아 목줄을 채우고 있는데, 승아는 개집이 제집이라도 된 양 머리를 집어넣고 있었다. 우석은 목줄을 채운 개의 등을 토닥여 준 뒤 개집에 머리를 처박고 있는 승아를 끄집어냈다.
"닌 가만히 있고, 닌 좀 나온나! 니가 개라!!"
"그래, 내가 개다! 나 좀 놔두라고!"
 승아는 그리 외치더니 개처럼 으르렁거리기 시작했다. 그러곤 저를 붙잡고 있는 우석의 손부터 시작하여 허벅지, 어깨 등 입이 닿는 곳은 죄다 물어뜯어 놓은 것이었다.

 어젯밤에 벌어진 일을 기록한 블랙박스 영상을 본 승아는 얼이 빠져 있었다. 당황한 침묵 속, 가장 먼저 입을 연 것은 수영이었다.
 "아이고, 개한테 물린 게 맞네… 맞어…."
 "승아야, 니 진짜 기억 안 나나. 어제 많이 취했던데…. 우석이가 응급실도 데리고 갔었잖아."
 "응급실? 왜? 무슨 일 있었나?"
 수영의 되물음에 현택이 가만히 있으라는 눈치를 보였다. 두 사람 모두 눈썹을 들썩이며 침묵하자 화가 단단히 난 우석이 승아의 팔과 자신의 몸에 새겨진 멍을 가리키며 소리쳤다.
 "이거는 아주 인격 모독이다. 사람을 뭘로 보고! 가시나, 니! 입이 있으면 말을 해 봐라. 내가 한 기가? 니가 한 기지! 이것도!!"
 할 말이 없었던 승아가 입을 꾹 다물고 있자, 현택이 우석을 말리고 나섰다.
 "야, 우석아. 니도 그만해라. 니도 어제 때렸잖아, 세게…."
 승아의 이마를 가리키며 너도 한 일이 있지 않으냐 말에 우석이 지금 그 말을 왜 하느냐는 눈치를 보였고, 승아는 제 이마를 만지작거리더니 휙, 몸을 돌렸다.
 "어쩐지! 이마가 아프더라니! …쌤쌤이네!"
 "저거저거, 쪽팔려서 도망가는 거 보소!"
 승아는 후다닥 빠져나와 빠른 걸음으로 마당을 가로질러 우석의 집을 나왔다.
 "미친…. 하나도 기억이 안 나네. 주승아… 이 미친년."
 멀어져 가는 뒷모습을 바라보던 우석과 현택도 이내 자리에서 일어나 집에서 나왔다.

"현택아, 우리도 점심이나 먹으러 가자. 아침부터 열 냈드만 속이 다 쓰리다."

"승아 해장이라도 해야 되는 거 아이가."

"…지 알아서 먹겠지!"

그리 외친 우석은 곧장 트럭에 탔고, 현택도 별 말없이 그 뒤를 따랐다. 점심을 먹기 위해 이동하는데, 멀지 않은 곳에서 승아가 보였다. 갈림길에서 버스정류장 방향으로 꺾는 승아를 본 현택이 혼잣말을 했다.

"어? 승아 서울 가려고 하는가?"

우석도 슬쩍 봤지만, 관심 없는 척 다른 방향으로 핸들을 돌렸다.

우석이 먼지바람을 일으키고 지나간 자리엔 석준이 가방 하나 메고 버스정류장에 앉아 핸드폰을 보고 있었다. 〈오늘 내 고향〉을 진행하던 승아가 갑자기 욕하던 바로 그 영상이었다. 영상을 다 보곤 친구와 카톡으로 신나게 이야기를 나누었다.

[할매들이 우리 빼고 X나 재밌는 거 보고 있었네]

[저 여자 약 빨고 방송한 거 아님?ㅋㅋㅋ]

[아나운서라 그런가, 욕도 겁나 찰지노]

낄낄거리며 카톡에 답장하려는데, 옆에서 인기척이 느껴졌다. 아무 생각 없이 고개를 들어보자, 금빛 머리를 휘날리고 있는 여자가 보였다. 슥, 보고 다시 답장하려다가 어? 하고 다시금 여자의 얼굴을 확인했다. 긴가민가하여 핸드폰 속 영상과 여자의 얼굴을 번갈아 보고 있는데, 여자가 주머니를 뒤적거리더니 욕지거리를 내뱉곤 등을 돌렸다. 아무래도 지갑을 놓고 온 듯했다. 아이러니하게도 욕을 내뱉는 얼굴을 보고 승아를 알아본 석준이었다.
"어? 뭐야, 진짜네?"

＊＊＊

 승아는 지갑을 어디에서 잃어버렸는지 도무지 생각이 나질 않았다. 우석의 집에 가야 하나, 폐가로 돌아가 봐야 하나, 다리 위를 갈팡질팡하는데 떠오르는 곳이 있었다. 잠시 걸음을 멈추고 고민하다 이내 결심한 듯 걸음을 옮겼다.
 승아가 도착한 곳은 〈개인 사정으로 당분간 쉽니다〉란 팻말이 붙은 미용실, 엄마의 집이었다. 승아는 비밀번호를 누르지 않고 꽉 닫힌 문만 가만히 보고 있었다.

 잔뜩 기가 죽은 승아의 손을 붙잡은 연미가 미용실 밖으로 나와 승아의 손을 탁, 놓았다. 초등학생의 어린 승아는 두 눈에서 닭똥 같은 눈물을 뚝뚝 흘리고 있었다.
 "그렇게 말 안 들을 거면 집에 들어오지 마!"
 "잘못했어요, 엄마."
 "니가 뭘 잘못했는지 거기서 반성해라. 알겠나!"
 연미는 그렇게 미용실로 들어가 문을 잠가 버렸고, 홀로 남은 어린 승아는 문을 두드리며 큰 소리로 울었다. 등 뒤로 펼쳐진 시골길은 깜깜하여 더 무서웠다. 울음소리는 점점 작아지고, "엄마… 잘못했어." 작은 목소리는 초등학생의 승아, 중학교, 고등학

교 교복을 입을 때까지 반복되었다.

홀로 딸을 키우던 엄마는 승아를 모질게 키웠다. '아빠 없이 자라서 그래.'라는 말을 듣지 않도록 모질다 못해 매정하게 혼냈다.

그날도 그랬다. 방송에서 울분을 참지 못하고 욕을 내뱉어 버린 날. 한밤중 승아는 도망치듯 엄마의 집으로 내려왔다. 달리 갈 곳이 없던 탓이었다. 잔뜩 지친 얼굴로 엄마의 미용실 문을 열고 들어온 승아에게 연미는 늘 그렇듯 모진 말을 내뱉었다.

"내가 니 때문에 쪽팔려서 고개를 들고 다닐 수가 없다. 뭉그적거리다 동네 사람들 눈에 띄지 말고 얼른 올라가라."

무슨 일이 있었는지, 왜 그런 일이 일어났는지 엄마는 물어보지 않았다. 잘못된 승아의 행동을 나무라기 급급했다. 서러움이 울컥 올라왔다.

"내가 쪽팔려? 엄마는 그러면 안 되잖아. 적어도 엄마는… 그러면 안 되잖아…."

그날 밤이 떠오른 승아는 그냥 돌아갈까 생각도 했으나, 결국 한숨을 푹 내쉬곤 도어락으로 손을 뻗었다.

삐삐삐-

그러나 비밀번호가 맞지 않다는 경고음이 울렸다. 조금 당황하여 다시 한 번 눌러 보았으나 여전히 경고음만 울렸다. 자신이 아는 다른 비밀번호를 여러 개 눌러 보았으나 그마저도 다 틀리고 말았다.

"…설마 비밀번호 바꾼 거야? 하, 진짜 너무하네. 이렇게까지 하고 싶냐, 진짜!"

화가 머리끝까지 난 승아는 몇 번 더 시도해 보다 미용실 주변을 두리번거리기 시작했다.

* * *

 현택은 무언가에 정신이 팔린 것처럼 우걱우걱 국밥을 먹는 우석을 보곤 한숨을 내뱉었다. 왜 저러는지 알 것 같기도 해서 더 속상한 마음이었다.
 "코로 들어가는지 입으로 들어가는지 알고 먹제?"
 "뭐? 코가 어쨌다고?"
 "온 신경이 너였다구만. 그래 신경 쓰이면 가 봐라."
 "뭐를? 내 그 가시나 한 개도 신경 안 쓰이는데?"
 "승아라고 안 했는데?"
 "…큼."
 "다 먹었다. 고마 가자."
 "왜, 반도 안 먹었구만."
 "소 밥 챙겨 줘야지. 내 아니면 누가 챙기겠…."
 우석은 현택의 말이 끝나기도 전에 이미 카운터에서 계산까지 마친 뒤 빨리 오라는 듯 가게 문을 잡은 채 현택을 바라보고 있었다.
 "…챙기러 가야지, 챙기러."
 곧장 차를 타고 집으로 향하는 중, 버스정류장을 보는데 아무도 없었다. 아쉬운 마음이 들었지만 아무렇지 않은 척하며 앞만 보았다. 핸들을 잡은 손가락은 쉴 새 없이 까딱거렸다. 그의 마음을 대변하듯.

집에 도착해 트럭에 장화를 싣는데, 마당 구석에 지갑이 떨어져 있었다. 물에 빠진 적이 있는 것처럼 우글우글한 가죽 지갑을 들어 안을 살피는데, 승아의 신분증이 꽂혀 있었다. 아무래도 지난밤 개집에 들어가겠다고 난리를 쳤을 때 떨어뜨리곤 잊은 듯했다.

"야는 뭐 이런 걸 들고 다니노."

우석은 지갑을 든 채로 고민하다 저장되지 않은 핸드폰 번호를 입력했다. 잊어버리고 싶어서 지워 버렸지만 잊히지 않는 승아의 번호였다. 통화버튼을 누를까 말까 한참 고민하다 이내 큼큼, 목을 가다듬으며 버튼을 눌렀다. 긴장한 것이 무색하게도 전화가 꺼져 있다는 안내 음성만 흘러나올 뿐이었다.

"아, 몰라! 내는 모른다! 몰라!"

* * *

승아는 미용실 뒤쪽으로 와 사과 박스 하나를 발 앞에 둔 채 가만히 서 있었다. 그녀의 앞엔 조그마한 쪽문이 있었다.

"비밀번호 바꾸면 내가 못 들어갈 거 같아?"

그리 외치곤 쪽문에 머리를 들이밀어 보았다. 머리, 어깨, 허리까지 수월하게 들어갔으나, 엉덩이가 걸리는 바람에 상체는 미용실 안에, 하체는 밖에 놓인 채로 이도 저도 못 하게 되었다. 안으로 들어가려 한참 버둥거리는데, 하필 우사에 가던 혜숙이 그 모습을 보고 말았다.

"엄마야… 저게 뭐고. 저저저저 좀도둑 아이가!"
 혜숙은 떨리는 손으로 급히 112에 전화를 걸었다.
 "예! 여기 주연미 미용실인데, 좀도둑! 며칠 전에 주연미 미용실 털어갔던 그 도둑놈이 다시 온 거 같거든요!?"

 승아의 지갑을 들고 미용실로 오던 우석은 그 앞에 모여 있는 인파에 놀라 걸음을 서둘렀다. 목소리가 가장 큰 사람은 혜숙이었는데, 주변에 모인 아주머니들에게 이렇게 이야기하고 있었다.
 "주연미 저거, 내 말 듣고 비밀번호 바꾸길 잘했지. 안 바꿨으면 또 털릴 뻔했다 아이가."
 "어무이, 뭔 일 있니껴?"
 "방금 좀도둑 잡았다!"
 "예? 그 미친놈이요? 어데요?"
 우석이 미용실 문 쪽을 바라보는데, 마침 경찰들에게 잡혀 나와 경찰차로 끌려 들어가는 승아가 보였다.
 "엄마 집이라니까요! 내가 내 집 들어간다는데 왜! 진짜라니까요!"
 남 순경은 승아의 말은 들은 체도 하지 않고 뒷좌석에 승아를 밀어 넣었다. 진절머리 난다는 듯 한숨을 푹 내쉬고 경찰차에 올라타더니 금세 출발을 하였다. 우석은 예상치 못한 상황에 놀라 "어…! 어!! 잠깐만!" 외치곤 얼른 경찰차의 뒤를 쫓았다.

 승아는 기가 막힌단 얼굴로 책상에 널부러져 있었고, 남 순경은 한숨을 내쉬며 조서를 쓰고 있었다.

"그러니까, 신분증 달라니까요."

"신분증이고 나발이고 지갑이 없다니까요?"

"주민번호 부르세요. 엄마 집이라면서 현관 비밀번호도 모르는 게 말이 돼요?"

"그러니까요. 엄마 집인데 비밀번호도 모르는 게 말이 돼요?"

"전화하시면 되잖아요."

"들어오지 말라고 비번을 바꿨는데, 전화한들 알려 주겠어요?"

"하…."

"제가 억울할 거라고는 생각 안 해 보셨어요? 엄마 집인데 비번을 몰라요, 제가. 원래 비번이 제 생일이었거든요? 하하, 내가 생일이 바뀌었나?"

"선생님! 장난하지 마시고요!"

그때, 파출소 문이 열리고, 거친 숨을 몰아쉬며 우석이 들어왔다.

"이장님?"

"그 집 딸 맞다."

우석이 승아의 지갑을 내밀며 확인해 보란 듯 흔들어 보였다.

"예? 아는 사람이세요?"

"미용실 어무이네 딸이라고. 주승아. 내 …고향 동생."

또다시 경찰서 문이 열리더니, 이번엔 수영이 들어왔다.

"어? 오빠야, 오늘 자주 보네. 승아 니 아직 안 갔나? 여기 왜 모여 있노?"

그들의 대화를 이해하지 못한 남 순경만 어리둥절할 뿐이었다.

자신을 안다는 이가 나오자, 승아의 얼굴도 당당해졌다.

"저 가도 되죠."

"아… 예."

 승아는 우석이 내밀고 있던 지갑을 낚아채 경찰서를 나섰고, 고생하란 말을 한 우석도 그 뒤를 따라나섰다. 경찰서엔 남 순경과 수영만이 남게 되었다. 대충이나마 상황을 파악한 남 순경이 수영에게 물었다.

"저분 다 아시는 분인가 봐요?"

"승아? 니도 알걸?"

"전 여기 사람 아닌데요?"

"뭐라노. 니 주승아 아나운서 모르나? 몇 달 전에 방송에서 욕 씨게 박아서 유명한데."

"네? 주승아 아나운서요? 그 주승아?"

"쯧쯧, 니는 눈썰미가 그래 없어서 수배 전단지에 붙은 전과자들 어떻게 잡을래."

* * *

"니! 어무이랑 연락도 안 하고 사나! 얘기도 안 하고 내려왔냐고. 어무이 아시면 어쩌려고 온 동네에 난리굿을 직이노!"

 우석은 빠른 걸음으로 앞장서 가는 승아의 뒤를 급히 쫓아가며 그리 외쳤다. 우석의 잔소리를 들은 승아가 우석을 휙 노려보았다.

"노려보면 어쩔 건데! 더 소문나기 전에 퍼뜩 올라가라, 마!"

 한마디 더 하려는데, 빵-! 소리가 들려왔다. 고개를 돌려 보니 봉고차에 탄 윤정이 눈에 불을 뿜고 있었다.

"야!! 이우석!"

승아는 윤정이나 우석이나 모두 귀찮다는 듯 그들을 스쳐 지나갔다.

윤정은 우석의 손목을 이끌고 봉고차에 태웠다.

"니가 파출소를 왜 가는데? 주승아 보호자라?"

"어무이도 없는데 그라믄 우짜는데?"

"아이고, 아주 발바닥에 불 난 사람 같이 뛰어가드만. 소화기 들고 쫓아가야 되나 했다, 어?"

"...큼큼."

"주승아한테 관심 주지 마라. 알았나."

"관심은 무슨 관심!"

"하, 강산은 변해도 이우석이는 안 변하지. 니 다 까먹은 거 아니제? 주승아한테 어떻게 까였는지?"

"운전이나 해라."

"동네 아줌마들이 한동안 니보고 고라니라 그랬던 거 알제? 하도 울어제껴서?"

"그 얘기를 지금 왜 하는데!"

"정신 단디 차리라고! 또 쪽팔리지 말고!"

우석은 속이 부글부글 끓어오르는 것 같았지만, 할 말이 없어 입을 꾹 다문 채 창밖만 바라보았다.

* * *

"그게 승아라고?"

혜숙과 수자는 대수의 집 마당에서 나물을 다듬고 있었고, 마당 한쪽 가마솥에선 혜숙이 한 솥 끓인 곰국을 윤정이 옮겨 담고 있었다. 낮에 자신이 신고한 사람이 승아라는 걸 알게 된 혜숙이 놀란 표정으로 말을 이었다.

"승아 가는 왜 그 꼬라지를 하고 쪽문에 달려 있었다노? 멀쩡한 문 놔두고? 예사 꼬라지가 아니든데."

"비밀번호를 몰라서 그랬대요."

대답은 모든 상황을 알고 있는 윤정에게서 나왔다. 수자와 혜숙은 나물을 다듬으면서도 황당하다는 듯 수다를 이어 나갔다.

"지 엄마한테 물어보면 되지, 아나운서씩이나 돼서 그 머리가 없다나."

"얘기 안 하고 왔는갑지. 저들 엄마 몰래."

"진짜 서울서 뭔 일 있었는가. 그때 방송서 욕 한바탕하고 난 이후로 텔레비전 안 나오잖아."

"말로는 다른 프로그램 준비한다고 안 나온다더만."

"딸내미 저 꼴로 여기 내려와 있는 것도 모르는 거 같은데 둘러대는 말일지 어떻게 아노? 자기 딸내미 잘못됐다고 얘기할 인사가, 그 인사가. 윤정아, 이장은 뭔 말 없드나?"

"예, 잘 모르던데요."

"우리 이장님 가슴에 또 불씨 일어나는 거 아인가 모르겠네."

"큭큭, 산에서 이제 고라니 내려오던데."

"에이, 세월이 얼만데요, 어린애도 아니고. 그냥 고향 사람이니까 도와주는 거니, 오빠야 별로 마음 없어요."

"뭐 그런갑지~"

수자와 혜숙은 자기들끼리 눈빛을 주고받으며 시시덕거렸고, 괜히오바하면서 대답했던 윤정은 속이 답답해져 조용히 가마솥 뚜껑만 닫았다.

"사장님, 소주 한 병이요."

승아는 국밥집에 자리를 잡고 앉아 티브이를 보고 있었다.

"갈 데가 없네, 갈 데가."

국밥을 퍼먹던 승아가 그리 투덜대며 소주를 넘기는데, 다른 손님의 말소리에 신경이 쏠렸다.

"경찰이 잡아간 게 좀도둑이 아니고 그 집 딸내미라며?"

"좀도둑 잡은 게 아니래? 이러다 진짜 한 집, 두 집 다 털어가는 거 아니겠제? 저 언덕에 폐가 빼고 다 털리는 거 아닌가 모르겠다. 빈집은 거기 하나잖아."

"하이고, 그 버려진 집에 뭐 가져갈 게 있다고 거길 털어가노. 나는 그 집은 을씨년스러워서 가까이 가기도 싫드라."

"그러니까. 마을 초입에 떡하니 있으니까 을매나 흉물스럽노.

싹 허물었으면 좋겠다만…."

 승아와 우석이 다시 만났던 그 폐가에 관한 이야기였다. 사람들의 말에 승아는 아무에게도 말하고 싶지 않은 뭔가가 떠올랐다.

 승아는 물속에서 필사적으로 허우적거리고 있었다. 점점 숨이 모자라고, 몸에 힘이 빠지며 바닥으로 가라앉아 가고 있었다. 연미와 다툰 후 순간의 충동으로 승아는 다리에서 뛰어내렸다. 죽고 싶다는 간절함보다 죽어도 괜찮을 것 같다는 충동이었다.

 그러나 막상 물속으로 빨려 들어갈수록 공포가 온몸을 휘감았다. 자신이 얼마나 무모한 일을 한 건지 깨달았을 땐 이미 늦은 후였다. 호흡이 모자라기 시작했고 움직일 힘조차 사라졌을 그때, 발끝이 바닥에 닿았다. 눈을 번쩍 뜨고 몸을 일으키자 물 높이가 허리까지 밖에 오지 않았다. 어느새 하류까지 떠내려온 것이었다. 모자란 숨을 연신 들이켜면서도 허리밖에 오지 않는 깊이에 실소가 터졌다.

 "죽는 것도 쉬운 게 아니네."

 정신을 차리자 한기가 몰려왔다. 잔뜩 젖어 축 늘어진 몸을 이끌고 폐가를 지나가는데, 무언가 눈에 띄었다. 승아는 홀린 듯 폐가 안으로 발을 들였다.

 어느새 해가 꽤 떠오른 새벽녘. 언덕 아래에 하얀 사과꽃이 흐드러지게 핀 사과밭이 보였다. 그 사이로 붉은 해가 떠오르는 광경은 절경 그 자체였다.

 "세상이… 새로 시작되는 거 같네."

 일출을 바라보던 승아의 눈에 눈물이 고이더니, 이내 감정이 북받쳐 펑펑 눈물을 쏟아냈다.

퀭한 눈을 한 우석이 피곤한 낯으로 트럭에서 내려 사과밭에 들어서고 있었다. 마침 밭으로 들어오던 수자가 우석을 발견하곤 말을 건넸다.
"이장님, 눈 밑에 거무튀튀한 게 턱까지 내려와 있노? 어제 잠 못 잤나?"
"아니요, 엄청 잘 잤는데요?"
뻔뻔한 얼굴로 거짓말을 꺼내는 우석 앞에 부동산 업자가 찾아왔다.
"우석아!"
"예, 삼촌!"
그런데, 부동산 중개인 뒤에서 못마땅한 얼굴로 나오는 이가 있었으니, 다름 아닌 승아였다.

우석과 승아는 사과밭 정자에 나란히 앉았다. 기가 막힌 얼굴로 헛웃음만 내뱉고 있던 우석이 탐탁지 않은 얼굴을 한 승아에게 물었다.

"뭐를 팔라고? 언덕에 빈집을?"

"사과밭도, 집도 하필 왜 너 꺼래? 언제 샀어?"

"남이사. 그 집은 왜 사려고?"

"들어가서 살려고."

"뭐?! 다 허물어져 가는 그 집엘? 왜?"

"뭐가 왜야? 사람이 집에 들어가 살겠다는데."

우석은 언덕 위의 폐가를 사고 싶단 승아를 이해하지 못해 팔짱을 낀 채로 잠시 생각에 잠겨 있다 이유를 물었다.

"내가 왜 니한테 팔아야 되는데?"

"하… 이유는 없지. 그래서 팔아 달라고 부탁하러 왔잖아."

"부탁하는 사람 자세가 영 아인 거 같은데?"

"…방치해 둔 거 보니까 쓰지도 않는 집 같은데, 필요한 사람한테 팔면 좋잖아."

"싫은데? 내가 왜?"

그리 말하는 우석의 목소리는 꽤나 밝았다. 아무래도 승아를 놀리는 게 제법 재밌는 모양이었다. 승아는 기분이 상했지만 꾹 참고 차분히 물었다.

"어떻게 해야 팔 건데?"

"적어도 성의는 보여야 되는 거 아이가? 갖고 싶은 게 있으면 노력을 해야지."

"…성의. 그래"

차디찬 목소리만큼이나 돌아가는 승아의 뒤통수에서도 분노가 느껴졌지만 우석은 이 상황이 반가웠다. 앞으로 제법 승아와 엮일 것만 같았다.

* * *

우석은 사과밭 정자에서 아저씨들과 간식을 나눠 먹고 있었다. 그때, "오빠야!" 하는 소리와 함께 다방 직원이 커피를 들고 손을 흔들며 정자로 달려왔다. 다방 직원은 우석이 마련해 준 자리에 앉아 자신을 반겨 주는 아저씨들과 반갑게 인사를 나눴다.
"우리 오빠야는 둘 둘 하나 맞제?"
"이모, 내보다 나이도 많으면서 왜 자꾸 오빠랴아 하는데."
"잘생기면 다 오빠야다."
다방 직원은 장난 섞인 말을 하며 커피를 건넸고, 우석도 잘생겼단 말에 기분이 좋아져 미소를 지으며 커피를 받아 마셨다.
"키야, 비율 죽이네. 밥 먹고 마시는 커피가 내 낙이라니까."

창고를 정리하고 나오는데, 사과 박스 위에 커피잔이 놓여 있었다. 뭔가 싶어 주변을 둘러보니 문 옆에 승아가 서 있었다. 승아가 커피잔을 가리키며 손가락으로 둘 둘 하나를 해 보였다.
"하, 니 설마 이거 마시고 집 팔라는 거 아니제?"
"그냥 커피나 마시면서 생각이나 한번 해 봐라…."
"생각? 그거야 할 수 있지."
우석은 기대감 가득한 승아를 바라보며 커피 한 모금을 마셔 보앉다.
"발가락 넣었다 빼도 이거보단 낫겠다."

그날 이후 승아는 매일 커피를 들고 우석을 찾았다.
어떤 날은 우석이 좋아하는 다방 언니에게 배운 레시피라는 믹스커피를 들고, 또 어떤 날은 얼음이 동동 띄워진 커피를 들고, 또 어떤 날은 읍내까지 나가서 아이스아메리카노를 사 들고 우석을 찾아왔다.

그럴 때마다 우석은 요리조리 피해 가며 승아의 속을 긁어 댔다. 입이 텁텁해서 믹스커피는 마시기 싫다고, 얼음이 든 믹스커피는 싱겁다고, 머신으로 내리는 커피 말고 드립커피가 마시고 싶다고. 승아는 얼굴을 벌겋게 물들이면서도 애써 화를 참으며 물었다.

"너⋯ 집 팔 생각이 있긴 있어?"
"글쎄, 아직은 생각이 잘 안 드네."

그리고 며칠 후. 아줌마, 아저씨들과 밥을 먹고 사과밭으로 돌아온 우석은 웬 택배차가 사과밭 앞에 서 있는 걸 발견했다.
"아, 남의 밭에 이런 거를 세워 놓으면 우짭니까!"
그런데 자세히 살펴보니 택배차가 아니라 커피차가 아닌가. 게다가 승아가 커피차 운전석에 앉아 환히 웃고 있었다.
"커피 좋아하는 것 같길래 종류별로 준비했어. 어때?"
고작 집 하나 계약하자고 커피차까지 끌고 올 거라곤 생각도 못 했다. 역시, 뛰는 우석 위에 나는 승아였다.

그 일이 있은 후 우석은 내과를 찾았다. 의사는 심드렁한 얼굴로 컴퓨터로 바둑을 두고 있었고, 그 앞에 앉은 우석이 상담하듯 떠들고 있었다.

"아니, 그래가지고 내보고 그 빈집을 팔라고 커피차를 갖고 왔더라니까요? 그 연예인들이나 받는다는 그거 있잖아요. 가시나 그거는 사람 안 산 지 몇십 년이 된 집에서 어떻게 산다고! 선생님, 제가 실수로 그 가시나 머리를 되게 세게 때렸잖아요. 혹시 머리에 큰 충격을 받으면 사람이 180도 바뀌고 그래요? 가가 옛날엔 안 그랬거든요."

"하하, 사람 대갈통이 생각보다 튼튼한데. 니 대갈통 봐봐라. 안마봉으로 맞았다매. 근데도 끄떡없잖아."

"도대체 갸는 왜 그런대요?"

"그라믄 다시 세게 뚜드려 보든가. 옛날에 고장 난 티비도 몇 번 두드려서 고쳤잖아. 혹시 아나?"

우석이 정말 한 대 때려 봐야 하나 진지하게 고민하는데, 의사가 옅은 미소를 건 채 말했다.

"연고만 잘 바르면 꿰맨 자리도 흉터 잘 안 남는다, 요즘은. 처방전 써 줄 것도 없고, 마데카솔이나 바르라 해라."

"진짜 흉터 안 남지요? 아니, 뭐, 가시나 얼굴이니까…."

"흉터 좀 남으면 어떻노. 그 흉터 보면서 니 생각하겠지."

"…예?"

"볼 때마다… 욕을 한 사바리 하겠지."

사과밭 한곳에 트럭을 주차하고 차에서 내리는데, 한쪽에서 우석을 기다리고 있었던 것처럼 보이는 부동산 업자와 외지인이 다가왔다.
"아이고, 이장님 이제 오셨네."
"안녕하세요."
"…누구?"

 세 사람은 승아와 이야기를 나누었던 사과밭 정자에 자리를 잡고 앉아 이야기를 나누었다.
"땅을 사겠다고요? 언덕 위에 빈집을?"
"그 옆에 부지랑 뒤쪽 산까지 다 이장님 소유시더라고요. 그 부지에 한옥 리조트 사업을 하려고 생각 중입니다. 동네가 경치도 너무 좋고 공기도 너무 맑고. 또 저희 외할아버지가 돌아가시기 전에 꼭 한 번 와 보고 싶어 하셨는데 와 보니 이유를 알 것 같아요. 이렇게 예쁜 동네를 혼자만 알고 있기 아깝기도 하고요."
"외할아버지 고향이 이 동네세요?"
"외할아버지 사돈의 조카의 형수의 고향이요."
무슨 소린가 싶어 한참 생각하는데, 외지인이 장난스럽게 웃었다.
"하하하하, 저는 늘 이 동네와 가까운 느낌이었다~ 뭐 그런 말이죠. 하하하하."
"…아… 하하."
"거두절미하고, 원하시는 금액 충분히 말씀하셔도 됩니다. 우선 저희 쪽에서 생각하는 금액은…."

대충 이야기를 나눈 세 사람은 밭 앞에 주차해 두었다는 부동산업자의 차로 향했다. 외지인은 잘 부탁드린다는 말을 하곤 허리까지 숙이며 악수를 건넸다.
"그럼 긍정적으로 생각해 주시리라 믿겠습니다. 더 자세한 얘기는 술 한잔하면서 할까요? 이장님이 등빨이 워낙 좋으셔서 술도 엄청 잘 드실 것 같은데."
"하하, 뭐, 웬만큼은 합니더."
"그럼 조만간 술 한잔하실까요?"
"숙취 음료 단디 챙겨 먹고 오소."
"연락드리겠습니다."
외지인을 태운 차가 출발하고, 어디선가 현택이 불쑥 튀어나왔다.

"아! 깜짝이야!"

"폐가 그거, 니 꺼였나?"

"아… 그게….";

"장하다, 이 새끼! 촌에서 땅으로 재테크하는 건 니밖에 없다, 우석아! 안목도, 안목도…. 어떻게 알고 샀다노?"

"내가 보는 눈이 좀 있지."

"벌써 동네에 소문 쫙 났다! 니 하는 일마다 돈이 굴러 들어온다고!"

우석에게 한 번 더 이야기할 생각으로 사과밭으로 향하던 승아는 그늘 밑 정자에 앉아 떠드는 동네 사람들의 이야기를 듣게 되었다.

"돈이 돈을 부른다고, 우리 이장은 하는 일마다 잘되네. 그 폐가에 리조트 올라올 거라고 누가 생각이나 했겠나."

수자가 폐가에 관한 이야기를 꺼내자, 승아는 조심스럽게 다가가 나무 뒤에 숨었다. 리조트라니. 정례와 대수, 혜숙도 한마디씩 덧붙였다.

"현택이 아부지 땅도 보상받는다면서요?"

"내보고도 땅 팔라고 찾아왔대요."

"백 평. 꼴랑 백 평이다. 그렇게 더 사라 할 때 내보고 쓸데없는 데 돈을 갖다 뿌린다고 난리를 치더니 뭘 그렇게 우쭐해가지고서."

대수는 혜숙이 어이없다는 듯 속삭이는 말은 들은 척도 하지 않고 제 할 말만 해 댔다.

"내가 선견지명이 있잖아. 딱 보자마자 알았다니까."

"평당 얼마라 카든데?"

웃고 있던 수자가 그리 묻자, 혜숙이 손가락으로 대충 표시해 보였다. 그를 본 수자가 놀란 탄성을 내질렀고, 승아 또한 놀라 입을 틀어막아야 했다.

"헤에? 그클 준다나? 이장님 노났네, 노났어."

"이장한테 땅 팔고 한턱 씨게 쏘라고 해야 되겠노. 현택이네 소 한 마리 잡아도 되는 거 아이가?"

정례의 말에 웃음이 퍼졌으나, 승아는 여간 심각하지 않을 수 없었다.

일을 끝낸 우석은 누군가를 기다리는 사람처럼 주머니에 장갑을 대충 쑤셔 넣고 사과밭 입구를 힐끔힐끔 살피고 있었다. 기다리는 사람이 오지 않아 초조한 낯으로 얼음물을 벌컥벌컥 들이켜는데, 승아가 그 앞을 슥- 지나갔다. 평소와는 다르게 아무 말 없이 그냥 지나가자, 안절부절못하던 우석이 먼저 말을 걸었다.

"뭐! 집 살 마음이 이제 없어졌는갑제?"

그 말에 걸음을 멈춘 승아는 우석을 힐끔 보곤 작게 중얼거렸다.

"그만한 돈이 없어. …서민이 기업을 어떻게 이기냐…."

"뭐라노?"

잠시간 우석을 바라보던 승아가 다시 발걸음을 옮기자 마음이 급해진 우석이 다시 한 번 물었다.

"그라믄! 니 이제 서울 가나!"
"갈 데 찾았어."
"니가 이 동네에 갈 데가 어디 있는데?"

승아를 따라 도착한 곳은 한 모텔 앞이었다. 〈달방 있음〉이라고 적힌 팻말을 보자 기가 다 막혔다.
"그냥 어무이한테 전화를 해라."
"나 여기 내려와 있는 거 알면? 엄마가 곱게 문 열어 줄 거 같아?"
"흠, 그럼 저기 말고 다른 데 가라."
"왜? 여기가 제일 싸던데?"
"이 동네에 도난 사건 일어난 거 모르나? 니도 그것 때문에 파출소 갔다 왔잖아."
"아, 그거?"
"아, 그거? 동네 분위기 흉흉하니까 읍내 나가서 자든가."
"그럼 나한테 집 팔 거야?"
"뭐라카노."
"안 팔 거면 간섭하지 마."
승아는 그 말만 남기곤 모텔 안으로 들어갔다. 밖에 남겨진 우석만 답답할 뿐이었다.
"저게… 저게! 겁도 없이! 니 도대체 서울 왜 안 가는데!"

＊＊

우석은 모텔로 들어간 승아를 뒤로하고 밤거리를 걷고 있었다.

"왜 안 가는데, 도대체? 이해를 할 수가 없네."

빠앙-!

갑작스러운 클랙슨 소리에 놀라 뒤를 돌아보니 차 한 대가 우석의 옆에 멈추어 섰다. 이내 조수석 창문이 내려가더니, 낮에 만났던 외지인이 반갑게 말을 건네 왔다.

"이장님! 전화를 안 받으셔가지고 한참 찾았어요!"

"전화하셨어요? 몰랐네."

"저녁 드셨어요? 타세요, 술 한잔하시죠?"

"아… 지금요?"

"바쁘세요? 저 숙취 해소 음료 먹고 왔는데! 퇴근 아직 안 하셨나?"

"아입니더. 그라죠, 뭐."

우석이 차에 타 안전벨트를 메고 있는데, 저 멀리 지나가는 승아가 보였다. 외지인이 승아를 알아본 듯 큰 소리로 물었다.

"어?? 저 여자, 주승아 아나운서 아니에요?"

"와따 마, 눈썰미 좋네요. 어떻게 아셨어요?"

"아… 본 적 있거든요, 얼마 전에."

승아는 슈퍼 냉장고에서 소주 두 병을 들고 카운터로 향했다. 슈퍼주인은 티브이를 보느라 손님이 온 줄도 모르는 듯했다. 티브이에선 〈오늘 내 고향〉 호진의 방송이 방영되고 있었다.

"뉘 집 아들인지, 우째 저래 바르게 생겼노."

슈퍼주인의 혼잣말을 들은 승아는 기분이 안 그래도 썩 좋지 않앉던 기분이 언짢아지는 것을 느꼈다.

"사장님, 계산이요."

"어? 아가씨! 잔돈!"

카운터에 올려진 4천 원을 본 슈퍼주인이 큰 소리로 승아를 불렀으나, 승아는 곧장 슈퍼를 나간 참이었다.

"저거 승아인가…?"

모텔로 들어온 승아는 단단히 문을 걸어 잠그고 방 안으로 들어갔다. 조금 열려 있는 화장실 문틈 사이로 그림자가 져 있었으나, 미처 눈치채지 못한 승아는 소주가 담긴 봉투를 책상 위에 올려두고 지친 몸을 앉혔다.

* * *

우석은 술집에서 안주 하나를 시켜 놓고 외지인의 핸드폰 속 영상을 보고 있었다. 영상 속엔 승아가 담겨 있었다. 결혼식장 식당에 혼자 앉아 꾸역꾸역 밥을 먹으며 눈물을 뚝뚝 흘리고 있는 승아가.

"정호진 아나운서라고 아세요? 주승아 아나운서랑 같이 〈오늘 내 고향〉 진행하는 남자 아나운서요. 저 그 결혼식 갔다 왔거든요, 지인이라. 근데 주승아 아나운서가 뷔페에서 혼자 저렇게 울고 있더라니까요."

"……."

"저도 잘은 모르는데… 신랑이랑 바람이라는 말도 있고, 신랑한테 팽 당한 것 같다는 말도 있고…."

우석은 속에서 화가 욱하고 올라와 소주를 벌컥벌컥 들이켰다.
"저러다가 뭔 일 나는 거 아닌가 했는데, 그냥 밥만 먹고 가더라고요? 뭐가 어떻게 된 건지는 모르겠지만 결혼식장 간 사람들은 좋은 구경하고 왔지 뭐예요. 사실 뭐, 강 건너 불구경이잖아요."
"……."
"당사자들은 기분 더러웠을 수도 있겠지만. 그건 그렇고 슬슬 저희 계약 이야기 좀 할까요, 이장님? 저는 쇠뿔도 단김에 빼는 성격이라."
"기분은 내가 더러운데."
 소주 한 잔을 벌컥 마신 우석이 쾅 하고 잔을 내려놨다. 왜인지 화가 난 그 모습이 위협적이었다. 당황한 외지인이 뭐라 말하기도 전에 우석은 벌떡 일어나 성큼성큼 가게를 나섰다.

 화난 걸음으로 걷던 우석이 도착한 곳은 승아가 묵겠다고 한 모텔 앞이었다. 무슨 말을 하고 싶은 건지 정리가 되지 않았지만, 무작정 승아를 찾았다. 그런데 그 앞에 경찰차가 세워져 있고, 남순경이 모텔주인의 이야기를 들으며 뭔가 받아쓰고 있었다. 무슨 일이냐 묻기 위해 발을 떼는 순간, 휴대폰이 울렸다. 수영이었다.
 -오빠야, 파출소 좀 잠깐 온나. 승아 여기 있다.
 우석은 그 길로 곧장 달려 파출소로 향했다.

* * *

"무슨 일인데? 승아는?"

수영의 고갯짓을 따라 시선을 옮기니 파출소 한구석에 검은 봉지를 쥔 채 어깨를 축 늘어뜨리고 앉은 승아가 보였다.

"잠깐 슈퍼 나갔다 왔는데 느낌이 싸하더래. 그래서 보니까 화장실에서 뭔 소리가 나는 거 같더란다."

"그래가?"

"들고 있던 소주병으로 대갈통을 내려칠라다가 놓쳤단다."

"뭐??"

"도난당한 거 있냐고 물어보니까 핸드폰이 없다는데…. 근데 술 먹고 잃어버린 건지… 기억이 안 난대."

"……."

우석은 속이 부글부글 끓어 올라 주먹을 꽉 쥐었다.

"많이 놀란 거 같은데, 오빠야가 좀 데리고 가라. 아줌마 집에 안 계시잖아."

승아는 화가 난 걸음으로 앞서 걷는 우석의 뒤를 힘없이 따르고 있었다. 쿵쾅쿵쾅 걷던 우석이 갑자기 걸음을 멈추더니, 허공에 고개를 들고 큰 숨을 몰아쉬곤 승아에게 소리쳤다.

"아주 파출소에 살지 그라노? 겁도 없이 그거를 왜 잡는다고 깝치는데!"

"…뭐? 깝쳐?"

"그래! 니 뭐 되나!"

"말을 그렇게밖에 못 해? 너는?"

"니, 도대체 왜 내려와서 온 동네를 들쑤시고 다니노? 어? 니 도망 왔나? 서울서 이까지 도망 왔냐고!"

"……."

"도대체 서울에서 어떻게 살았길래! 이 머저리 같은 가시나야!"

답답함과 분노가 섞인 눈으로 우석을 바라보던 승아는 봉지에 들어 있던 소주를 까서 벌컥벌컥 마시곤, 우석을 꼿꼿하게 쳐다봤다.

"이러고 살았다, 왜."

그 눈엔 왜인지 섭섭함이 서려 있었다. 승아가 먼저 돌아섰다. 화가 난 건 우석도 마찬가지였기에, 멀어져 가는 승아에게서 눈을 떼고 곧장 집으로 향했다. 하지만 마음이 편할 리 없었.

"모텔도 다 털렸는데 어디서 잔단 말이고! 이 가시나가 여러모로 사람 짜증 나게 하네! 확 마!"

허공에 주먹질을 하던 우석은 크게 한숨을 내쉬곤 왔던 길을 돌아갔다. 그런데 온 동네를 다 뒤져도 승아가 보이지 않았다. 전화를 걸려다 승아가 핸드폰을 잃어버렸다는 말이 떠올라 욱하고 화가 올라왔다.

도대체 어디서 승아를 찾아야 하나 망연자실하던 찰나, 자신의 사과밭을 지나던 우석은 사과밭 한구석에서 들려오는 작은 소리에 걸음을 멈추었다. 잘못 들었나 싶어 그냥 가려는데, 다시금 바스락 소리가 들렸다. 핸드폰 플래시를 켜고 밭으로 들어가 보니, 멀지 않은 곳에 희끄무레한 게 보였다.

"…후, 누군교!"

흰 물체를 향해 불빛을 비추며 그리 소리치자, 흰 물체가 멈칫하더니 우석을 향해 돌았다. 자세히 보니 승아였다.

"아니, 니 거기서 뭐 하는데?"

승아를 찾았다는 안도감에 우석이 승아에게 다가가자 승아가 슬쩍 몸을 돌렸다. 품에 무언가 감추는 듯하여 승아의 어깨를 돌려 보자, 무언가 후두두둑 떨어졌다. 다름 아닌, 사과나무에 달려 있던 사과꽃이었다.

"니… 이게 다 내 사과나무에 달려 있던 거라?"

승아는 별말 없이 고개만 끄덕였다. 얼굴이 발그레한 걸 보니 파출소 앞에서 마신 술에 취한 듯했다.

"아이고…. 꽃을 싹 다 땄네. 나무가 아주 민둥 벌거숭이가 됐네, 됐어…."

"나무마다 꽃도 많이 달렸는데 좀만 가져갈게!"

"꽃 싹 따면 열매는 어디서 열리라고! 꽃 진 자리에 사과 열매 달리는 거 모르나? 니가 남의 집 농사 망칠라고 작정을 했구나?"

우석의 호통에도 불구하고 술에 취한 승아는 여전히 팔을 뻗어 꽃을 따려고 했다. 우석은 얼른 승아의 팔을 잡아 내렸다.

"또 취했네, 니! 곱게 좀 취해라."

"얼만데! 돈 주면 될 거 아니야!"

"하, 뭐 꽃집 오셨어요?"

우석의 만류에도 불구하고 승아는 계속해서 손을 뻗었다. 그 탓에, 나뭇가지에 손가락이 긁히고 말았다.

"그러니까 하지 말라고 했잖아! 잘하는 짓이다! 니 좀 가라, 좀!"

승아는 피가 나는 손가락을 들여다보며 작게 속삭였다. 눈이 반짝거리는 게, 눈물이 고인 것 같기도 했다.

"…아파."

"으휴, 손 줘 봐라!"

"아파! 아프다고!!"

"…많이 아프나?"

결국 승아의 눈에서 눈물이 뚝뚝 떨어지기 시작했다. 제게 화만 내는 우석에게 서운한 모양이었다.

"나 좀 그만 쫓아내! 갈 데도 없는데 왜 자꾸 가래! 그래, 나 도망 왔다! 쪽팔려서 도망 왔다, 왜! 생각나는 게 여긴데! 여기뿐인데 어떡해, 그럼."

우석은 엉엉 울며 소리치는 승아가 당황스러워 안절부절못했다.

"모르겠어, 언제부터인지. 내 자존감이 언제부터 바닥 난 건지. 왜 이렇게 머저리 같은 건지 모르겠다고! 내가 뭘 하고 싶은지, 어떻게 살아야 잘 사는 건지도…!"

승아의 울음이 그칠 기미가 보이지 않자, 우석은 심장이 내려앉는 것만 같았다. 그래서 어떠한 말도 붙이지 못하고 그저 가만히 들어주기만 했다.

"찾고 싶어. 나. 내가 여기서 시작됐으니까, 여기서 찾을 거라고, 나를! 내 인생 리셋하고! 새로 시작해 보고 싶다고!"

웨딩홀은 천장부터 버진로드까지 꽃으로 가득해 화려함을 뽐내고 있었다. 둥근 테이블마다 사람들이 꽉 차게 앉아 있었고, 하객들이 한쪽 자리를 차지하고 앉아 환호하고 있었다. 그 사이로 새하얀 웨딩드레스를 입은 성유미와 열심히 축가를 부르고 있는 호진이 보였다. 응원의 박수 소리와 환호 덕분에 결혼식은 한창 무르익은 상태였다. 이내 축가 2절이 시작되자 미리 약속된 신부의

친구들이 장미꽃을 하나씩 들고 버진로드를 걸어 신부에게 전해 주었고, 성유미는 감동의 눈물을 흘리고 있었다.

그런데 눈물을 닦는 유미 앞에 새하얀 원피스를 입고 빨간 장미를 든 승아가 섰다. 혼자만 불행해지지 않겠노라, 복수를 위해 내일이 없는 사람처럼 결혼식장을 찾았다. 어쩔 줄 몰라 하는 호진의 얼굴을 보자 조금 통쾌한 마음도 들었다. 그런데, 유미는 승아를 향해 밝은 미소를 보내왔다.

"고마워요, 승아 씨. 오늘 진짜 예쁘네요."

승아는 유미의 구김 없는 웃음에 만감이 교차했다. 예상 못 한 반응이었다. 잔뜩 긴장한 게 무색할 정도로. 결국 승아는 손에 들고 있던 꽃 한 송이를 건넨 뒤 도망치듯 돌아섰다. 부끄러움이 몰려왔다.

그 길로 뷔페에 앉아 꾸역꾸역 밥을 먹었다. 아직 식이 끝나지 않아 티브이 화면으로는 결혼식이 생중계되고 있었다.

-하객 여러분, 오늘의 주인공 신랑과 신부가 새로운 인생의 출발을 위해 첫발을 내디딜 준비를 마치셨습니다. 두 사람의 시작에 꽃길만 가득하길 바라며 다 같이 사랑이 듬뿍 담긴 박수로 축하해 주시기 바랍니다! 행진!

유미와 호진이 들뜬 얼굴로 버진로드를 걸었다. 그들이 한 걸음 내디딜 때마다 환호와 박수가 끊이질 않았다. 승아가 빠진 결혼식은 축하와 응원으로 가득 찼다. 승아는 눈물을 뚝뚝 흘리며 꾸역꾸역 밥을 입에 밀어 넣었다.

"…새로 시작하는 길이 꽃길이면 좋겠다고. 자꾸 가라는 소리 말고, 나도 응원받고 싶다고."

 잔뜩 풀이 죽은 채 눈물을 뚝뚝 흘리는 승아의 모습에, 우석의 마음속에서 화가 욱하고 올라왔다. 말없이 창고로 들어가더니 이내 뭔가를 들고나왔다. 헤드랜턴을 쓰고 한 손엔 사과 박스, 한 손엔 가위를 들고 있었다. 갑자기 밝아진 것에 놀란 승아가 우석을 올려다보았다.

"따라."

"……?"

"사과꽃, 갖고 싶은 만큼 따라고."

"…진짜 그래도 돼?"

"어휴, 온나. 따 달라는 거 내가 다 따 줄게."

 우석이 사과나무 앞에 서자, 승아도 머뭇머뭇 우석 옆에 와 섰다. 그러더니 눈치를 보며 사과꽃 하나를 가리켰다. 그러자 한 치의 머뭇거림도 없이 가위로 똑 따 주는 우석. 승아가 가리키는 족족 똑 따서 건네주었다. 드디어 승아의 얼굴에 미소가 걸렸다.

 밝은 해가 날을 밝혔다. 승아는 꽃 이불을 덮은 채 편안한 얼굴로 잠들어 있었다. 승아가 누운 마루엔 사과꽃이 가득했다. 마치 사과꽃 밭 한가운데에 누워 있는 것처럼 보였다.

 잠든 승아는 알 리 없었다. 우석에겐 한 해 농사를 망칠까 걱정하는 것보다 승아의 앞날을 응원해 주는 일이 아직도 더 중요한 일이라는 걸.

봄꽃이 활짝 핀 시골길을 고등학생의 승아가 이어폰에서 흘러나오는 노래를 들으며 기분 좋게 걷고 있었다. 길가에 놓인 마루엔 아주머니 여럿이 모여 나물을 다듬고 있었다. 꾸벅 고개 숙여 인사하고 지나가려는데, 마침 노래가 끊겼다. 그때 하필 아주머니들의 말소리가 들려왔다.

"쟈들 엄마, 총각 혼자 사는 집에 출장 마사지도 나간다 하대?"

아무래도 커다란 느티나무에 가려져 승아가 걸음을 멈춘 걸 보지 못한 듯했다. 승아는 대화의 주제가 자신의 엄마인 것을 깨닫고 느티나무 뒤로 몸을 숨겼다.

"엄마야, 남사스러버라. 외간 남자랑 단둘이 있는다고? 집에서?"

"있기만 하는지, 뭐를 또 하는지 우째 알겠노."

"하기사, 임자 있는 아저씨들한테도 눈웃음을 살살 치고 다니는 여잔데."

"저러니 쟤들 아빠가 누군지도 모르지."

"엄마 해 다니는 행실을 봐라. 외지에 나가 있을 때 술집 다녔다는 소문도 있더라."

"출장 마사지 나가는 거 확 신고해 뿌까. 여자가 맘먹고 덤비면 남자들이 안 넘어가고 배기겠냐고."

아주머니들의 대화를 들은 승아는 얼굴이 벌게졌다. 분했지만 수치스러웠다. 도망치듯 고개를 숙인 채 지나가려는데, 무언가 승아의 옆을 빠르게 지나쳤다. 뒤이어 '인마!!' 크게 외치며 달려오는 현택이 보였다. 큰 소리에 놀라 뒤를 돌아보니 우석이 아주머니들 앞에 서서 씩씩, 숨을 고르는 모습이 보였다.

"어무이가 봤니꺼!? 예? 남자 혼자 사는 집에 가서 뭐를 했는지 어무이가 봤냐고요!"

"야… 야가 왜 이라노?"

"직접 보고 그런 소리 하냐고요! 누가 봤는데요! 누가!"

"석아! 참아라! 좀!"

뒤늦게 달려온 현택이 우석을 말리려 했으나, 우석은 지지 않고 대들었다.

"그냥 소문이 그렇다는 거지! 말도 못 하나!"

"승아네 어무이가 총각 사는 집에만 출장 나가니꺼! 어무이들 집에도 가잖아요! 눈썹 문신! 아이라인 문신! 피부 마사지! 다 어무이들 집에서 받은 거 아입니까!"

우석이 아주머니들을 각각 가리키며 그리 외치자 아주머니들도 딱히 할 말이 없는지 머쓱한 표정으로 더듬더듬 대꾸했다.

"그… 그거는 그렇지만서도!"

"그거 불법인 거 다 알거든요? 어디 한번 신고해 볼까요? 증거가 여기 얼굴 위에 고스란히 남아 있는데!"

"니!! 어무이들한테 지금 뭐라카노!"

"앞으로 있지도 않은 얘기 그래 막 떠들면! 내 더는 안 참는다!!"

"안 참으면! 니가 안 참으면 우짤 낀데!"

"앞으로!! 어무이라 안 하니더! 이…! 이…! 아지매요!"

우석은 거기에서 멈추지 않고 '아지매 일! 아지매 이! 아지매 삼!'을 외쳐댔고, 현택은 죄송하단 말을 남기며 우석을 끌고 갔다. 승아는 자신 대신 화를 내준 우석이 고마웠다.

마을이 한눈에 내려다보이는 폐가 마당. 승아는 고개를 푹 숙인 채 마루에 앉아 있었고, 그 옆에 앉은 우석은 아직도 화가 안 풀렸는지 발을 앞뒤로 거세게 흔들며 씩씩거리고 있었다.

"니가 뭘 잘못했다고 그래 기가 죽어 있는데! 고개 빳빳하게 들어라! 잘못은 그 아지매들이 했지! 아지매들이 또 말 같지도 않은 소리 하면 가만히 있지 말고 확 들이받아라! 알겠나?"

"……."

"웃지만 말고! 니가 그렇게 웃고 넘기니까 아지매들이 더 날뛴다 아이가! 으휴…. 웃는 건 또 왜 이뻐가지고."

"내한테는 오빠야가 있잖아."

"…어?"

"오빠야 니 말이야."

승아의 환한 웃음에 우석은 심장이 곤두박질치는 것 같았다.
 "그래, 니한테는 내가 있는데, 뭐! 니는 평생 내 뒤에 있어라! 오빠야가 죽을 때까지 니 지켜 줄게!"
 "치, 내 이상형은 다정한 서울 남자거든?"
 "서울 남자? 내 서울말 기깔나게 잘하거든? 서울말은 끝에만 올리면 되는 거 아니에요?"
 우석이 어색한 말투로 서울말을 구사하자 승아는 웃음을 터트리지 않을 수 없었다.
 "그게 뭐고."
 "완전 서울 사람 같지? 이 정도면 평생 지켜 줘도 돼?"
 승아는 우석 때문에 상했던 기분이 다 풀어지는 것을 느꼈다. 그것이 행복해 환히 웃자, 우석도 승아를 마주 보며 환히 웃어 보였다.
 봄기운이 만연한 날이었다.

 * * *

 "승아야~ 승아야~ 일어나, 응? 승아야~"
 희미하게 들려오는 목소리에 승아는 가물가물한 눈을 떴다. 잠에서 덜 깬 탓에 시야가 흐렸다. 느리게 눈을 깜빡이는데 시야 끝에 덩치 좋은 남자의 실루엣이 보였다. 이어지는 목소리가 좋아 절로 기분 좋은 웃음이 지어졌다.
 "잘 잤어? 몸은 괜찮아? 안 불편했어?"
 눈을 감은 채 선선히 고개를 끄덕이며 몸을 뒤척이자 다시금 목

소리가 이어졌다.

"그럼 이제 일어날까? 너 지금 가세에 있어서 금방 널찔 거 같아. 곧 있으면 해도 짱배기에 뜬다구."

기분 좋게 웃던 승아는 마지막 말에 멈칫했다. 어쩐지 말씨는 서울말인데 단어가 사투리인 게 아닌가. 뭔가 이상한 느낌에 눈에 힘을 줘 보았다. 흐릿하게 보이던 남자의 실루엣이 점점 선명해지자, 양손에 쓰레기를 든 채 질린 듯한 얼굴을 한 우석이 보였다.

"뭐 꼬라보는데? 니 아직 취했나? 으휴… 안 일어나나!"

드디어 잠에서 깬 승아가 자리에서 벌떡 일어났다. 여전히 멍한 눈으로 주변을 훑어보는데, 마루 전체에 사과꽃이 가득했다. 눈앞의 마당엔 쓰레기가 가득 쌓여 있었고.

"이게 다 뭐야…?"

"내가 미쳤지. 이 아까운 걸…. 내가 어제 뭐에 홀린 게 분명해. 이거나 좀 도와라."

"……?"

"니가 집 달라고 생난리 쳤잖아! 기억 안 나나!?"

우석은 마당에 대자로 드러누워 생떼를 부리기 시작한 승아를 해탈한 얼굴로 바라보고 있었다.

"이 집 줄 때까지 한 발짝도 안 움직일 거야! 나 줘! 아! 나 줘!!"

"허이고, 양심도 없다. 팔아 주라는 것도 아니고 그냥 줘?"

늦은 밤까지 이 난리를 피우고 있는 상황이 믿기지 않았던 우석이 시계를 확인해 보았다. 벌써 새벽 세 시. 기가 막혀 헛웃음이 절로 나왔다.
 "삼재 맞네, 맞아. 부적을 써야 되나?"

 지난밤 제가 어떤 행패를 부렸는지 떠올린 승아는 민망함에 우석의 눈길을 피해 고개를 돌렸다. 그런데 제 앞에 집 열쇠와 종이 한 장이 놓이는 게 아닌가. 자세히 살펴보니 '임대계약서'였다.
"이게 뭐? 월세 대신 노동력을 제공한다?"
"나중에 딴소리하지 말라고 니가 쓰자고 한 거 기억 나제?"
"내가? 무슨 말도 안 되는….."
 부정하던 승아는 불현듯 어젯밤 기억이 번뜩 떠올랐다.
"나 고오~급 인력이야~ 알지? 너 개이득인 줄 알아!"
 꿈이라 치부하기엔 서명란엔 직접 휘갈긴 승아의 필체가 고스란히 박혀있었다.
"그래서…? 이 집. 나한테 세를 준다고?"
"그래서 계약서 썼잖아. 그렇게 들어가고 싶으면 들어가 살아라. 월세 대신 밭일 한다고 했으니까 딴말하지 말고."
"밭일? 노동력 제공이라는 게 밭일이야?"
 승아는 입을 떡하니 벌린 채 폐가에서 내려다보이는 우석의 사과밭을 봤다. 설마하니, 밭일을 하게 되리라곤 상상도 못 한 탓이었다. 게다가 제 예상보다 너무 넓었다.
"그라믄 뭐, 우리 집 청소라도 시키는 줄 알았나?"
"저기 몇 평이야…?"
"하하, 대단하제? 3만 평. 오늘부터 시작해야제?"
"바로…?"

"계약서대로 해야지."

승아는 후회막심하여 한숨을 내쉬었으나, 이미 사인한 계약서를 무르자고 할 수도 없었다. 게다가 갈 곳도 없었다.

* * *

현택과 혜숙은 소 밥을 주고 있었다. 대수는 한쪽에서 짚단을 나르고 있었는데, 신발이 불편한 듯 벗어서 깔창을 뺐다가 다시 넣으며 불퉁하게 중얼거렸다.

"이거는 왜 또 말을 안 듣노!"

깔창이 잘 안 들어가는지 신발을 들어 바닥을 쾅쾅 내려치며 분하다는 듯 소리쳤다.

"니까지 내 무시하나, 지금!"

"내가 한다니까…. 성질 참…."

그 모습을 본 현택이 혼잣말을 중얼거리자, 혜숙도 고개를 절레절레 저으며 대답해 주었다.

"놔둬라, 힘이라도 써야 화가 가라앉지."

"땅 못 팔았다고 저러니꺼?"

"외지인이 이장이 땅 안 팔면 아부지 땅도 안 산다고 안 하나~ 아주 동네가 이장 중심으로 돌아간다고. 노발~ 대발~"

"땅을 팔았으면 이장 덕분에 판 거지. 꼴랑 백 평 그걸 누가 산다고."

그 말에 혜숙이 현택에게 가까이 다가와 은근한 목소리로 물었다.

"이장이 꼴랑 승아한테 세 준다고 그 큰돈을 마다한 거제?"
"아, 깜짝이야."
"갸는 왜 저들 엄마 집 놔두고 거기 들어가 산다고 난리라노?"
"나는 모르지. 어무이한테 얘기를 못 했는갑지, 뭐."
"그니까 지들 엄마는 여기 내려온 거 모르는 게 확실하네? 하이고, 한동안 시끄럽겠네. 윤정이는 아무 말 안 하드나."

 윤정이 언급되자, 현택도 질색하는 얼굴로 한숨을 푹 내쉬었다.

 태권도복을 입은 윤정은 앞에 놓인 샌드백을 죽일 듯이 노려보았다.
"또또또! 이 머저리 같은 게!"
 그리 외치곤 온 힘을 다해 돌려차기를 선보였다. 퍽! 하는 소리와 함께 샌드백이 요란하게 흔들리기 시작했다. 그럼에도 답답함이 풀리지 않아 씩씩대자, 저들끼리 옹기종기 모인 유치원생들이 긴장한 얼굴로 침을 꿀꺽 삼켰다. 그 모습에 퍼뜩 정신을 차린 윤정이 생긋 웃어 보이며 아이들에게 손을 내밀었다.
"자, 누구부터 해 볼까?"

* * *

 우석은 아직 상황 파악을 못 하고 있는 것 같은 승아에게 팔 토시와 장화, 모자를 내밀었다. 죄다 흙 묻고 때가 탄 것들을 받아 든 승아는 못마땅한 얼굴로 킁킁, 냄새를 맡아 보았다. 냄새가 제법 고약해 질색하며 고개를 젓자, 우석이 날카롭게 노려보며 한마디 했다.

"입는 게 좋을 낀데. 농사가 보기보다 장비 빨이거든."

"장비 빨? …됐어."

"싫음 말고."

우석은 승아에게서 팔 토시와 모자, 장화를 낚아채듯 가져가 사과 상자 위에 올려 두었다. 그러곤 가위를 들고 사과 꽃대를 자르기 시작했다.

"한 나무에 꽃이 이래 많이 있으면 열매가 잘잖아. 그니까 적당히 떨어뜨려 가면서 잘라 주라고. 니 따고 싶은 거 다~ 따지 말고 남겨두면서."

승아는 우석을 가만히 노려보다 조금 떨어져 가르쳐 준 대로 꽃대를 잘랐다.

"위험하니까 조심해라."

"흥, 호들갑은."

투덜대며 적화를 이어 가는데, 팔 부분이 간지러웠다. 나뭇가지를 잡은 채로 소매를 내려다보니 나뭇잎에 붙어 있었던 게 분명한 송충이가 소매 안으로 기어들어 가고 있는 게 아닌가.

"아악! 으아아악!"

우석은 그럴 줄 알았다는 듯 느긋하게 다가와 승아의 팔 한쪽을 들
고 소매에 붙은 송충이를 떼어 주었다. 그러곤 승아가 중얼거렸던 말을 똑같이 되돌려 주었다.

"호들갑은."

승아는 놀란 가슴을 연신 쓸어내리며 숨을 골랐다. 그때 사과 박스 위에 놓여 있던 팔 토시가 눈에 들어왔다. 슬쩍 걸음을 옮겨

민망한 얼굴로 팔 토시를 착용했다.

다시금 적화를 이어 가는데, 이번엔 사과나무 가지에 달린 벌집을 살짝 건드리고 말았다.

웨에엥-

귓가 근처에서 들리는 벌 소리에 승아는 후다닥 모자를 쓰고 목 부분의 끈까지 단단히 묶었다. 그런데 웬걸, 이번엔 발끝에서 뭔가 이상한 느낌이 들었다. 고개를 숙여 보니 뱀 대가리가 발치에 놓여 있는 게 아닌가. 승아는 펄떡 뛰곤 장화까지 완벽히 착용했다.

오후가 되자 오두막에 편하게 앉아 냉면을 비비던 우석은 제 옆에 털썩 주저앉은 승아에게 그릇을 건넸다.

"시원할 때 얼른 먹어라."

"안 먹어. 입맛이 없어."

"일을 허투루 했는갑네."

우석이 한 말에 기분이 상해 힘없이 고개를 저으며 냉면 그릇을 밀어냈다. 얼마나 힘들었는데! 찌릿 노려보곤 휙, 소리가 날 정도로 고개를 돌리니 우석이 덧붙였다.

"피곤하면 한숨 자라. 저기 그늘에서. 해 좀 넘어가면 다시 일하게."

"해가 중천에 떠 있는데 잠이 오겠어? 불면증 때문에 밤에도 못 자는데."

"불면증?"

"술이라도 먹어야 잔다고. 그래서 먹는 거라고, 술. 너는 모르겠지만 무척 예민한 사람이야, 내가."

그 말에 우석이 승아를 훑어보았다. 예민하다고 말하는 사람치고 질색하며 싫다고 하던 팔 토시, 장화, 모자를 단단히 쓰고 앉아 있는 모습이 제법 웃겼다.

"불면증 고치는 데 3일도 안 걸릴 거 같은데."

잔뜩 지쳐 있던 터라 우석의 말을 듣지 못해 되물었으나, 우석은 의미심장한 웃음만 지을 뿐이었다.

"뭐?"

"아이다."

해가 넘어가고, 늦은 밤까지 일을 한 승아는 마루에 늘어져 있었다. 우석이 마루 위에 보따리 한 개를 툭 내려놓으며 퉁명스럽게 말하곤 곧장 몸을 돌렸다.

"더 필요한 거는 니가 알아서 사라."

"이게 뭔데?"

부릉-

우석은 금세 마당에 주차해 놓은 트럭에 가 시동을 건 참이었다.

"핸드폰은 찾았나?"

"어이없네. 내가 그럴 시간이 있었어?"

"단디 찾아봐라. 내일은 다섯 시 반에 데리러 올게."

"다섯 시 반? …설마 새벽 다섯 시 반?"

"당연한 소리를 하노."

우석은 당연한 걸 뭐 하러 묻느냐며 심드렁한 표정으로 대꾸하

곧 차를 출발시켰다. 승아는 멀어져 가는 트럭에 대고 그게 무슨 소리냐 소리쳤으나, 당연히 돌아오는 대답은 없었다. 그제야 우석이 두고 간 보따리에 시선이 갔다.

"이건 또 뭔데…."

보따리엔 개업 시계, 칫솔, 치약, 샴푸, 수건, 그릇 베개 등등 생필품이 종류별로 들어 있었다. 챙겨 준 것에 감동할 뻔했으나, 색동저고리 같은 베개를 발견한 순간 파사삭 식어 버렸다.

"얘는 뭘 이런… 할아버지 같은 걸…."

폐가는 오랫동안 비어 있었던 탓에 썰렁한 분위기마저 풍겼다. 승아는 보따리를 제대로 풀지도 않고 이불과 베개만 대충 깔아 두었다. 핸드폰을 찾는 게 더 급한 탓이었다.

"어디다 흘렸지? 온 동네를 다 돌아다녔는데 알 수가 있나…."

집 안 구석구석을 뒤지며 곰곰이 생각해 보았으나, 어디에 흘렸는지 알아낼 수도, 집 안에서 발견되지도 않았다.

승아는 포기하고 이불 위에 자리를 잡고 누웠다. 정신없었던 낮과 달리 밤은 너무나 고요했다. 몸은 피곤하나 잠이 오지 않아 이리저리 뒤척이다 한숨을 푹 내쉬며 천장을 향해 똑바로 누웠다. 눈을 깜빡여 보았으나 여전히 말똥말똥할 뿐이었다.

늘 그렇듯 습관처럼 쉽게 잠들지 못하는 밤이었다.

* * *

우석은 날이 밝자마자 승아를 찾아왔다. 지난밤에 말했던 대로

정확히 다섯 시 반에 승아를 데리러 온 것이었다. 피곤한 얼굴로 밭에 도착해 어제처럼 장비를 단단히 착용하고 적화를 이어 가는데, 멀지 않은 곳에서 혜숙과 수자가 대화를 나누는 소리가 들렸다.

"봄은 봄이다. 날이 따뜻~해지니까 꽃도 피고 고라니도 내려오고. 옛날에는 고라니가 울기만 했는데, 올해는 여기저기 쫓아다닌다고 온 동네가 아주 시끌시끌하네."

"그 고라니가 한동안 쫓아다닌 게 토끼였던 거 같은데. 가만 보니 토끼가 아니고 부뚜막 올라간 고양이인 것 같기도 하고, 삵인 것 같기도 하고."

"멧돼지는 아니겠지~"

"그라믄 현택 아부지 출동해야 되는 거 아이가. 유해 동물은 현택이 아부지가 싹 잡아들이는데."

"우리 양반, 올해도 텔레비전 한 번 나가겠다고 사활을 걸고 총 들고 다니는데. 어이고, 뉴스에서 볼 일 있나."

"다 들리거든요…?"

승아가 혜숙과 수자를 힐끔 보며 다 듣고 있었다는 듯한 표정을 지어 보이자, 혜숙이 머쓱한 표정을 지으며 물었다.

"승아야, 니 일은 우짜고 여기서 팔 토시 끼고 있노?"

"그만뒀어요."

"엄마야, 그 좋은 직장을 왜 때려치웠노? 너들 엄마한테는 얘기했나?"

승아가 뭐라 말하려 입을 떼는데, 혜숙이 대답을 가로챘다.

"아이고, 시집이나 가고 그만두지. 니 시집 안 갈 거가?"

"너희 집에 자식이라고는 니 하난데, 시집가서 손주 안겨 줘야지. 그게 효돈데."

혜숙과 수자의 말이 휘몰아치기 시작하자 짜증이 몰려왔다. 쏟아지는 말을 막아 보려 '아줌마…!' 외치는데, 혜숙과 수자는 승아의 말이 들리지도 않는지 깔깔거리기 바빴다.

오전 일이 끝나고 오두막 기둥에 힘없이 기대앉아 있는데, 우석이 아이스아메리카노를 옆에 놓아주며 나란히 앉았다. 기진맥진한 팔을 뻗는데, 우석이 어허, 소리를 내며 커피를 가져갔다. 그러곤 얼음이 동동 띄워진 차 한잔을 내밀었다.

"뭐야?"
"커피는 한 잔밖에 안 샀는데? 이건 내 거. 그건 니 거."
"입이 두 갠데 왜 한 잔만 사? 나도 카페인 줘."
"싫은데? 니가 읍내 나가서 사 먹든가."
"치사하네… 진짜."
"안 먹으면 말고."

우석이 차까지 가져가려고 하자, 승아가 얼른 우석의 손을 쳐내며 차를 쥐었다.

"무슨 찬데?"
"국화차."

승아는 킁킁 냄새를 맡아 보다 조심스럽게 한 모금 마셔 보았다. 뒤이어 맛이 제법 괜찮았는지 벌컥벌컥 마셨다. 그 모습을 본 우석은 씩 웃으며 작게 중얼거렸다.

"곧이겠다, 곧."

잠시간의 휴식 뒤, 천근 만근한 몸을 끌고 밭에 도착한 승아는 주머니에서 가위를 꺼내 사다리에 막 오르는데, 우석이 말을 걸어왔다.

"적화 그만해도 된다, 이제."

"왜? 끝났어?"

"어. 나머지는 내 혼자 해도 된다."

"그럼⋯ 퇴근?"

적화는 이제 그만해도 된다는 소리에 화색이 돈 승아가 사다리에서 내려오며 퇴근해도 되느냐고 묻자, 우석이 의미심장한 웃음을 지어 보였다.

"아니?"

"응⋯?"

우석은 승아의 되물음에도 대답하지 않고 자리를 떴다. 그 모습을 눈으로 쫓는데, 우석이 사과나무 아래에 놓여 있던 수동식 잔디 깎기를 밀고 왔다.

"보이제, 나무 밑에 죄다 잡초인 거? 눈에 보이는 거 다 밀고 다니면 된다."

"여길⋯ 다?"

"세상 참 좋아졌지. 옛날 어르신들은 이거 다 일일이 손으로 베고 다녔는데 장비가 좋아져서 쓱쓱 밀고만 다니면 되니까 을매나 편하노."

승아의 손에 잔디 깎기가 들렸다. 승아는 넓은 밭을 둘러보며 다시 한 번 물었다. 이 넓은 밭 잡초를 다 밀어야 한다니, 도저히 믿을 수가 없던 탓이었다.

"진짜 다 하라고? 여길?"

"둘이서 하면 금방 한다. 산책 나왔다고 생각하고 살방살방 밀어라. 니 위험할까 봐 기술도 필요 없는 제일 쉬운 걸로 준 거다. 어깨에 메는 걸로 할 거가?"

승아는 제일 쉬운 걸 줬다는 말에 딱히 대꾸할 말이 없어서 작게 투덜대며 예초기를 켜 슥슥 밀어 보았다. 사용법이 아무리 쉽다 해도 계속 허리를 숙이고 있으려니 여간 힘든 게 아니었다. 낑낑대며 나무 아래로 들어가는데, 등 뒤에서 기계 소리가 들렸다. 승용제초기를 탄 우석이 편하게 잡초를 제거하고 있었다.

"야, 이우석…!"

승아의 분한 외침에 우석은 얄밉게 웃을 뿐이었다.

다음 날 여느 때처럼 새벽같이 나와 잡초 미는 일을 하자, 금세 낮이 되었다. 승아는 오두막에 누워 입까지 크게 벌린 채 잠들어 있었다. 그 모습을 본 현택은 기가 차 할 말을 잃고 말았다.
"쟈… 죽은 거 아이가?"
"불면증 있단다."
우석은 현택의 옆에 나란히 앉아 웃는 얼굴로 커피를 마시고 있었다.
"불면증 아니고 기면증 같은데…."
"아부지는? 아직 화 많이 나셨나?"
"우리 아부지 뱁댕이 소갈딱지인 대신에 단순하잖아. 사바사바 한 번 대~단하게 해 주면 금방 풀린다. 근데 승아는 사바사바를 어떻게 했길래 이우석이가 땅을 안 팔았으까?"

"큼…."

우석의 헛기침을 들은 현택이 다 안다는 듯이 웃으며 덧붙였다.

"그 돈으로는 성에 안 찬 거 아이가? 그쟈? 천하의 이우석인데, 그깟 거 푼돈이지, 그쟈?"

"그래, 맞지! 이 이우석이가 고 정도에는 안 움직이지. 자자, 일어나자! 일해야지, 일!"

우석이 격하게 고개를 끄덕이더니 이내 현택의 눈치를 슬쩍 보곤 박수를 크게 치며 자리에서 일어났다. 현택이 다 알면서 저를 위해 저런 말을 해 주는 게 분명했다. 현택이 피식 웃으며 작게 중얼거렸다.

"더 귀한 게 들어앉아 있으니까 그렇겠지."

우석의 박수 소리를 들은 승아가 스윽 일어나 모자를 묶고 장화를 신었다. 소리도 없이 일어나 채비를 하는 모습에 깜짝 놀란 현택이 움찔하자, 승아가 그제야 현택을 발견하곤 힘없이 물었다. 그 모습이 마치 좀비 같아 보였다.

"근처에 노동청 있어?"

"…두 시간은 나가야 될 걸?"

"조졌네…. 또 보자."

"…어, 그래…. 승아야. …볼 때마다 새롭네. 신박하다, 신박해."

* * *

"그래 가지고 승아 갸가 다크써클이 눈 밑에까지 내려와 있더라니까? 눈이 퀭- 해가지고 말이야."

"오랜만에 이우석이가 잘하고 있네. 더 빡세게 굴리라 하지. 얼른 나가떨어지게."

큰 샌드백을 번쩍 들어 옮기던 윤정이 밀대를 들고 바닥 청소를 하며 승아 이야기를 하는 현택에게 심드렁하게 대꾸했다.

"마음먹고 내려온 거 같던데, 승아."

"흥, 그냥 배때기가 불러서 꼴값 떠는 거다. 요즘 서울 사람들 농촌에서 한 달 살기 그런 게 유행이잖아. 저러다 금방 간다 주승아도. 이 동네에 식당이 많나, 배달이 되나, 편의점이 있나. 서울서 십 년 넘게 살던 게 안 불편할 줄 아나? 내 장담하는데 일주일도 못 채울 기다."

"아닐 거 같던데…."

한낮의 햇빛을 받으며 일을 하던 승아가 허리를 펴고 기지개를 켜며 뻐근한 몸을 푸는데, 빈 리프트기가 눈에 들어왔다. 두리번거리며 우석을 찾아보았지만 그 어디에도 보이지 않았다. 아무래도 잠시 자리를 비운 듯했다. 주변에 아무도 없는 것을 확인한 승아가 슥- 눈치를 보곤 리프트기로 다가갔다. 괜히 만져 보고 툭툭 치다가 이내 리프트기에 올라갔다. 메인 컨트롤 박스를 살펴보다 조이스틱을 쥐어 앞으로 밀어 보았다. 그러자 리프트기가 앞으로 움직이는 게 아닌가. 정말 움직일 줄은 몰랐던 터라 깜짝 놀라 손을 뗐다가 다시 조이스틱을 밀어 보았다.
"이 편한 걸 지 혼자 타고 있었네."
 조이스틱을 상승 쪽으로 기울여 보자 지잉- 하는 소리와 함께 시야가 높아졌다. 금세 높은 곳까지 올라와 심장이 떨렸지만, 입꼬리는 기분 좋다는 걸 표현하듯 호선을 그렸다. 밭이 내려다보이는 높이까지 올라가자 가슴이 뻥 뚫리는 듯한 기분마저 들었다. 조이스틱을 신나게 움직이는데, 아래쪽에서 우석의 목소리가 들려왔다.

"놀이동산 오셨어요?"

"아! 깜짝이야!"

"그걸 타 보고 싶었으면 말을 하지, 위험하게 혼자 뭐 하노? 그러다 기계 넘어가기라도 하면 어쩌려고!"

"내려갈 거야, 지금! 하여튼 잔소리는."

괜히 민망해져 큰 소리로 대꾸하며 조이스틱을 움직이는데, 갑자기 덜컹- 하더니 리프트기가 멈추었다. 당황한 승아가 조이스틱에서 손을 떼며 주변을 둘러보았다. 승아를 올려다보던 우석도 리프트기를 돌며 상황을 살폈다.

"…이거 왜 이래?"

"와 이라노?"

"고…장 난 거 아니지?"

"고장 났으면 니가 물어주면 되지. 천만 원밖에 안 한다."

가격을 들은 승아가 경악하는 사이, 하늘에서 물방울이 떨어지기 시작했다. 빗방울은 금세 굵어져 쏴아아- 쏟아지기 시작했다. 승아가 입고 있던 셔츠를 벗어 머리에 둘러썼다. 그러나 우석은 비에 젖지 않으려 아등바등하는 승아에 비해 느긋하게 기계만 살폈다.

"갑자기 웬 비야. 오늘 비 온댔어?"

"어. 딱 맞춰 오네."

"근데 왜 말을 안 해 줘? 멀었어?"

"배터리 나간 거 같은데?"

"그럼 어떡해?"

"어떡하긴, 충전해야지. 비 좀 그치면."

"그럼… 나는?"

"잠깐 있어라. 금방 그칠 거 같은데."

승아는 이러지도 저러지도 못하고 속절없이 비를 맞아야 하는 상황이 마음에 들지 않았다.

"옷 다 젖잖아."

"옷 좀 젖으면 어떤데?"

"축축하잖아. 찝찝하고, 우중충하고, 딱 싫어."

"살면서 해 맞는 날 있으면 비 맞는 날도 있지. 옷 좀 젖는다고 인생이 망하나. 오늘 젖으면 내일은 마르잖아."

"……."

"그라고, 니 어릴 때는 비 오는 거 좋아했잖아."

"…내가?"

"기억 안 나나. 비오는 날은 어무이 장사 쉬는 날이라고 좋아해 놓고는."

"다녀왔습니다!"

"왔나, 딱 맞게 구웠네. 얼른 온나. 니 좋아하는 호박전 했다."

비가 쏟아지는 날, 엄마는 가게 문을 닫고 가게 한쪽에서 호박전을 구워 줬었다.

잊고 있던 기억이 떠오른 승아는 아련해졌다.

"니는 무슨 생각이 그래 많노. 이런 비는 그냥 맞아라. 어차피

젖었는데 뭐 하러 아등바등하노."

승아는 이미 다 젖은 셔츠와 옷을 내려다보았다. 팔도 저려 오기 시작했기에, 잠시 고민하다 에라 모르겠다며 머리를 덮고 있던 셔츠를 내렸다. 그 덕에 셔츠로 가려졌던 시야가 트였다. 승아의 눈앞엔 시원하게 내리는 비와 푸릇한 사과밭이 자리해 있었다. 폐가에서 내려다보던 것과는 다른 절경에 벅찬 마음까지 들었다.

"시원하제? 비 오는 날에도 낭만이라는 게 있거든?"

개운한 마음으로 아래를 내려다보자, 촉촉하게 젖은 얼굴에 웃음을 매단 우석이 보였다. 승아도 덩달아 기분이 좋아졌다.

* * *

반쯤 열린 창문으로 추적추적 비 내리는 소리가 들려온다. 스탠드 불빛으로 어둠을 밝힌 우석은 책상에 앉아 영농일지를 폈다.

[2023년 5월 1일 / 비

작업내용 : 약제 구입. 적화 완료. 리프트기 고장.

승아 리프트기 처음 탐. 손도 빨라지고 사다리도 잘 타고 잠도 잘 잠.]

무의식적으로 쓰다 보니 반은 승아 이야기였다. 그 옆으로 보이는 4월 30일, 29일, 28일도 같았다.

[새벽 5시 30분 승아 픽업해서 일 시작. 눈은 못 떠도 일은 꾸역꾸역함.

승아가 아침에 입맛 없다더니 배고프대서 30분 일찍 점심 먹음. 더위에 취약함.

승아 손이 느려서 세월없이 일함. 일머리 부족. 가르칠 게 많음.]

우석의 영농일지는 승아의 얘기로 가득했다.

개운하게 씻고 나와 젖은 머리를 터는데, 밖에서 빗소리가 시원하게 들렸다. 승아는 잠시 고민하다 문을 조금 열어 보았다. 처마 밑으로 떨어지는 빗방울을 보다 결국 문을 활짝 열고 마루에 앉아 시원하게 내리는 비를 구경했다.
"뭐… 시원하네. 비 오는 것도."
 멍하니 비 구경을 하는데, 벽 모서리의 벽지가 조금 들려 있는 게 보였다. 뭔가 거뭇해 보여서 슬쩍 들어 보자, 벽에 곰팡이가 피어 있었다. 벽지를 조금씩 뜯어 보는데, 곰팡이가 끊이질 않았다. 설마 싶어 주욱- 찢자 벽 전체가 곰팡이로 새까맸다.
 승아는 당장 입을 막고 경악했다. 모르는 게 약이었겠지만 알게 된 이상 못 본 척 하고 곰팡이와 함께 동거 할 수는 없었다.

"뭐를 해 줘?"
"리모델링! 벽이 곰팡이로 가득하다니까!"

우석은 오후 쉬는 시간에 집에 들러 개밥을 챙겨 주고 있었다. 웬일로 오두막에서 쉬지도 않고 저를 따라오더라니. 제집 마당 한쪽에 앉아 리모델링을 해 달라고 떼를 쓰고 있었다.

"허 참, 월세도 안 받는데 내가 그거까지 해 줘야 되나?"
"니가 집주인이잖아. 계약서도 썼는데!"
"계약서에 집수리해 준다는 말 없거든?"
"그건 곰팡이를 못 봤을 때고! 다 봤는데 거기서 어떻게 살아!"
"그러니까, 다 허물어져 가는 집엘 니가 들어가 산다고 바락바락 우겼잖아. 내가 거기 못 산다고 했제!"
"아, 그럼 어떡해!"
"니 하고 싶은 대로 해라."
"뭘?"
"나는 마음이 아~주 넓은 임대인이니까, 니 집이다 생각하고 입맛에 맞게 알아서 하라고."
"…하고 싶은 대로 하라고?"
"그래. 하~등 신경 안 쓸 테니까, 니 하고 싶은 대로 해."

생각지 못한 말에 승아는 우석의 말을 중얼거리며 고민에 빠졌다. 하고 싶은 대로라.

큰소리치며 승아를 쫓아냈지만 한 시간도 채 지나지 않아 우석은 승아의 집 앞을 기웃거렸다. 도저히 신경을 끌 수 없었다. 생각과 달리 승아의 집은 대문이 활짝 열려 있었고 머쓱해서 두리번거리며 마당으로 들어섰으나 인기척은 들리지 않았다.

"승아야, 주승아! 야는 문을 이래 열어 놓고 어데 갔노?"

승아를 부르면서 집을 둘러보는데, 승아의 말대로 벽이 곰팡이로 가득했다.

"아이고야…. 대공사네, 대공사야."

우석은 툴툴대면서 미리 가지고 온 줄자를 꺼내 벽 사이즈를 재며 핸드폰에 꼼꼼히 메모하기 시작했다. 도배를 새로 해 줄 요량이었다. 그때, 전화가 걸려왔다.

"예, 삼촌. 지금요?"

깔아 둔 비닐이 다 뜯기고 엉망으로 파헤쳐진 밭 근처엔 멧돼지 발자국이 여기저기 찍혀 있었다.

"먹지도 않을 거면서 헤집어 놓기나 헤집어 놓고. 울타리를 치면 뭐 하노. 멧돼지가 다 뚫고 들어와서 이렇게 들쑤셔 놓는데."

"사람한테 달려들기라도 하면 큰일 나겠는데요. 요 근처 다른 삼촌들 밭은 괜찮다니껴?"

"괜찮기는 다 똑같지. 한두 집이 아니라니까."

"발 사이즈 보니까 백 킬로는 넘을 거 같네요. 신고 다 했으니까 조금 있으면…."

우석의 말이 끝나기도 전에 끼익- 큰 차가 밭 근처에 멈추어 서고, 멋진 선글라스를 머리에 얹은 대수가 내렸다. 대수의 차에는 '유해 동물포획(방범) 차량'이란 문구가 적혀 있었다.

"아부지 오셨어요."

대수는 쾅, 소리가 나도록 차 문을 닫더니 곧장 발자국을 살폈다.

"백 킬로는 무슨. 삼백 근도 넘겠구만. 보이까 네다섯 마리. 어미랑 햇돼지네. 멧돼지 한 번도 안 잡아 본 이장이 뭘 알겠나."

"와따 마, 프로는 역시 다르네. 손가락만 갖다 대도 사이즈라 딱

~ 나온다 아입니까."

"그라믄! 내가 총 잡은 세월이 몇 년인데. 이 동네 멧돼지는 다~ 내가 잡았어."

"맞지! 아부지가 우리 동네 대표 총잡이 아입니까. 삼촌, 인쟈 걱정 붙들어 매소. 전문가 오셨으면 게임 끝이다. 멧돼지 박멸! 아주씨가 마를 겁니더."

* * *

승아는 허연 머리를 휘날리며 한 손엔 낫을, 한쪽 어깨엔 오함마를 둘러맨 채 읍내 길거리를 당당히 걷고 있었다. 지나가는 사람마다 승아를 쳐다보았으나 결코 신경 쓰지 않았다.

버스 정류장에 도착한 승아는 낫은 여전히 한 손에 들고, 무거운 오함마는 정류장 한쪽에 고이 세워 둔 채 버스를 기다리고 있었다. 그때, 교복을 입은 석준이 승아 옆에 슬쩍 앉아 작은 목소리로 말을 걸어왔다.

"저기, 누나. 초면에 이런 말하기 죄송한데요. 혹시 차비 좀 빌려 줄 수 있어요? 아… 친구들이랑 축구 하다가 지갑을 잃어버려서…."

승아는 석준을 빤히 바라보다 피식 웃었다. 영문을 모르는 석준도 승아를 따라 웃어 보였으나, 승아에게서 나오는 대답은 제법 싸늘했다.

"몇 살?"

"…고 삼이요."

"고 삼 정도 됐음 내공이 많이 쌓였을 텐데. 너 신입이지? 삥 뜯는

멘트가 너무 진부하다야."

"아… 들켰네. 그럼 어렵게 가지 말고 쉽게 가죠?"

석준의 손짓을 따라 시선을 돌리니, 정류장 구석에 덩치가 산만한 고등학생들이 담배를 문 채 위협적으로 손을 흔들고 있었다. 그러나 그런 것에 겁먹을 승아가 아니었다.

"나 때는 말이야. 삥 뜯을 때 적어도 상대방 주머니 사정 정도는 알고 뜯었단 말이야. 정보가 없으면 눈치라도 있든가."

"……?"

"돈이 있었으면 내가 이걸 들고 버스를 타겠어?"

"아, 이 누나가 어려운 길을 택하시네. 내 여자라고 안 봐 준다. 나이 처먹고 고딩들한테 처맞았다고 광고하고 싶어요?"

석준이 한 걸음 다가와 위협적으로 물었으나, 승아는 여전히 웃음기를 매단 채로 석준에게 무어라 속삭였다. 센 발음의 욕들이 속삭임 사이를 비집고 나왔다. 얼굴색 하나 변하지 않는 승아와 달리 석준의 얼굴은 금세 하얗게 질렸다.

"…어릴 때 삥 좀 뜯어 보셨나 봐요?"

"나는 주로 뜯기는 쪽이었어."

승아는 환히 웃으며 그렇게 말하곤 오함마를 챙겨 버스를 탔다. 학창 시절 승아를 괴롭히던 윤정으로 인해 삥 뜯기는 데 도가 튼 승아는 애송이 정도는 해결할 수 있는 뻔뻔한 어른이 되어 있었다.

***

우석과 대수는 식탁에 둘러앉아 말없이 밥을 먹고 있었다. 혜숙이 우석 앞에 국그릇을 놓아 주자 대수가 기다렸다는 듯이 식탁에 앉아 말문을 열었다.

"멧돼지라는 게 활동반경이 어마어마해~ 거기다 야행성이라 잡는 거 말고는 막을 방법이 없다니까. 밤에 민가에 내려온 멧돼지한테 치여서 병원 간 사람도 여럿 되잖아. 주연미네 딸내미 사는 집도 안전하다고는 말 못 하지."

우석이 말없이 고개를 끄덕이자, 대수가 우석의 눈치를 슬쩍 보곤 물었다.

"갸를 저들 엄마 집으로 보내는 게 안 낫겠나?"

"예?"

"멧돼지가 떼지어서 돌아다니는데 밤에 무슨 일이라도 생기면 우짜노?"

"그런다고 그 자리에 리조트 안 올라온다니까요."

폐가에서 지내는 승아를 연미의 집으로 보내는 게 어떻겠냔 대수의 말에 어이가 없어진 혜숙이 그리 구시렁거리자, 대수가 당황하여 버럭, 큰 소리를 냈다.

"아니, 내가 그거 때문에 그러나! 내가 명색이 유해 동물방지단인데! 위험하니까 하는 말이지! 살아 있는 멧돼지 한 번도 못 만나 본 여자가 뭘 알겠나!"

"어휴, 또 시작이네. 우석아, 얼른 먹어라. 국 더 줄까?"

"예, 어무이."

우석이 불편한 점심 식사를 하는 동안 트럭을 타고 우사로 향하던 현택은 한 손엔 낫을, 반대 손엔 오함마를 질질 끌고 가는 여자를 발견했다.

"요즘 동네에 흉흉한 게 많이 돌아다니네. 저건 또 뭐고."

그리 중얼거리며 지나가다 사이드미러로 여자의 얼굴을 확인하는데, 승아가 아닌가. 당황하여 차를 세우는데, 마침 폐가 앞이었다. 승아는 가벼운 발걸음으로 문턱을 넘었고, 현택은 후진하여 문 앞에 차를 세웠다. 열린 문 사이로 보이는 승아는 거실 벽을 마주 보고 서 있었다. 그러더니 오함마를 높이 들어 냅다 벽을 내려치기 시작했다.

쾅! 쾅!

벽에 금이 가기 시작하자, 승아가 씨익 웃어 보였다. 멀리서 그 모습을 보던 현택이 놀라 얼른 우석에게 전화를 걸었다.

"…쟈, 주승아 아이다. 귀신에 쓴 게 틀림없다."

전화를 받고 사색이 된 우석은 점심도 먹다 말고 승아의 집으로 향했다. 헐레벌떡 집 안으로 들어서자, 거실 벽이 반쯤 부서져 있었다. 또다시 오함마로 내려치기 전에 우석이 승아를 붙잡았다.

"가시나야! 니 뭐… 뭐 하자는 건데?"

"이 많은 곰팡이를 언제 다 닦고 있어. 그냥 부숴 버리면 거실도 넓어지고 좋잖아. 니가 하고 싶은 대로 하라며."

"그러다 집 무너지면 우짤라고 그라는데?"

"…그건 생각 안 해 봤네?"

"하이고…."

"안 무너졌잖아. 뭐 어때! 젖은 김에 젖고, 부순 김에 부수자!" 집이 무너질 수 있다는 건 생각도 안 하고 해맑기만 한 승아가 답답했던 우석이 으휴, 한숨을 내쉬며 밖으로 나갔다. 승아는 도와주러 온 줄 알았던 우석이 돌아가는 것이 내심 아쉬웠지만, 하던 일은 마무리하기 위해 오함마를 들었다.

"나온나. 그래 가지고 언제 다 한단 말이고!"

우석이 장갑을 낀 손으로 오함마를 뺏어 들었다. 쾅! 벽을 내려치자 승아와는 차원이 다른 힘에 벽이 우수수 박살 났다.

혜숙은 우석이 먹다 만 음식들을 치우고 설거지를 하고 있는데, 현택이 집으로 들어와 반찬통을 찬장에 넣으며 어무이~ 너스레를 떨었다.

"간은 맞드나?"

"싹 비웠다. 한 톨도 안 남기고. 들깨 넣고 볶은 거는 간은 간장으로 했나?"

현택이 레시피를 묻자, 혜숙은 곧장 대답해 주려다 멈칫했다. 심기가 불편해진 까닭이었다. 하지만 현택은 눈치가 없었다.

"…니가 하게?"

"집 간장 안 써서 그런가, 나는 그 맛이 안 나는데? 간장 좀 갖고 가도 되나?"

"반찬도 니가 다 하나. 니 밥할 동안 윤정이는 뭐 하는데?"

"윤정이가 간을 기가 막히게 본다. 해 주는 족족 다 잘 먹고. 반찬 투정 안 해서 얼마나 편한데. 내가 엄마 닮아서 손맛이 기가 막히잖아. 투정할 것도 없지."

"하이고, 니가 종갓집 며느리로 태어나야 했는데. 부질없이 외아들로 태어났네."

혜숙은 제 아들이 음식을 한다는 말에 어이가 없고 기가 차 비아

냥거렸다. 고개를 저으며 한숨을 내쉬는데, 문득 우석이 생각났다.

"아, 오다가 우석이 못 봤나? 밥 먹다 말고 쫓아 나갔는데."

"말도 마라. 우석이 폐가 수리하고 있다, 강제로."

"수리? 집이 오래돼서 손볼 게 한두 군데가 아닐 낀데."

그 순간, 화장실 문이 열리더니 지퍼를 잠그고 나온 대수가 큰 소리를 냈다.

"아니, 뭐를 해?!"

"어… 아부지 계셨네요."

"이장이 뭐를 하고 있나고? 집수리?? 내쫓으라니까 집수리를 해줘? 내 말이 똥이다, 이거야?"

***

승아는 집 안의 쓰레기들을 한데 모아 마당 한쪽에 쌓고 있었다. 문틈 새로 투박한 벽이 보였다. 다른 벽은 새로운 벽지를 발라 깔끔해진 뒤였다. 만족스러운 얼굴로 집을 둘러보다 쓰레기봉투를 정리하는데, 그 옆에 정체 모를 발자국이 찍혀 있었다.

"개 발자국인가?"

"멧돼지 발자국인데? 이까지 내려오는갑네?"

"멧돼지? 걔네 민가엔 잘 안 내려오는 거 아니야?"

"여기가 민가라? 좌우 앞뒤로 여기 달랑 집 한 채 있는데. 현택이 아부지 말로는 300근은 넘을 거 같다 하던데. 한두 마리도 아니고."

"그걸 어떻게 알아?"

"낮에 신고받고 갔다 왔거든. 멧돼지가 밭 다 헤집어 놨다고 해서."

"…음, 가로등 설치 민원은 이장님한테 하면 되지?"

"민원이야 넣으면 되는데, 니… 안 무섭겠나?"

"멧돼지가 원래 겁 많은 초식동물이랬어. 뭐 별일이야 있겠어?"

"핸드폰은? 찾았나?"

"아니, 근데 별로 필요 없는 거 같아서 안 찾으려고. 귀찮아."

"진짜 훔쳐 간 거면 어쩌려고?"

"핸드폰 안에 든 것도 없어. 깡통이야."

승아는 멧돼지가 집 근처까지 내려온다는 사실을 듣고도 겁나지 않는지 여유롭게 집 안으로 들어갔다. 우석은 걱정을 지울 수가 없었다.

어느덧 밤이 되자 여유로웠던 낮의 모습과 달리 문밖에서 들리는 작은 소리에도 신경이 곤두서는 승아였다. 동네와 떨어진 외진 폐가에서 혼자 지내고 있으니, 겁이 나지 않을 리 없었다. 승아는 자리에서 일어나 불을 켜고 괜히 방을 한 바퀴 둘러봤다. 밖에서도 아무 소리 들리지 않고 고요했다. 승아는 조금 긴장한 채로 이불을 덮고 누웠다.

"그래, 멧돼지는 초식동물이야, 초식동물. 암, 괜찮고말고."

그때, 작게 바스락 소리가 들렸다. 최면 걸듯 괜찮다 중얼거리고 있었으나 긴장된 몸은 그 작은 소리마저 기민하게 느꼈다. 온 신경이 밖으로 향하고, 바스락 소리가 점점 더 가까워지는 게 들렸다.

"주승아! 자나?"

"…이우석?"

"불 켜져 있구만! 안 자면 문 좀 열어 봐라!"

멧돼지가 아니었단 사실에 긴장이 풀린 승아는 안도의 한숨을 내쉬며 문을 열었다. 우석은 자신의 집 마당에 매여 있던 개와 함께 마당 한가운데에 서 있었다.

"뭐, 산책 가려고?"

"그… 저… 우리 집 개 좀 맡아 도."

"갑자기?"

"그… 개집 공사를 좀 해야 돼가지고."

"개집 공사를 한다고? 마당에서 하는 거 아니야? 너네 집 있잖아."

개를 맡아 달란 말에 어리둥절한 승아가 계속 물었으나, 우석은 그저 멋쩍은 얼굴로 얼버무리기만 했다. 그러더니 막무가내로 개를 집 안에 밀어 넣는 게 아닌가.

"아니, 우리 집은 공사 때문에 지금 정신이 한 개도 없다! 자자~ 들어가자~!"

"싫어! 나 개 싫어해. 싫다니까!?"

"예삐야! 사고 치지 말고 있어래이!"

"데리고 가라고!"

"쟈가 순둥이처럼 보여도 집을 을매나 잘 지키는 줄 아나? 꼭 붙어 자라!"

"…참나."

승아는 그제야 우석이 개를 데려온 이유를 알아챘다. 우석은 개를 밀어 넣자마자 도망치듯 집을 나섰다. 어이가 없던 승아는 멋쩍게 뒤통수를 긁적이다 뒤를 돌아보았다. 예삐는 거실 한가운데에 얌전히 앉아 꼬리를 살랑살랑 흔들고 있었다.

"그건 안 되지!"

대수는 머리엔 선글라스를 걸치고, 등에 '유해 동물방지단'이란 문구가 적힌 조끼를 입은 채 잔뜩 열을 올리고 있었다. 우석은 그 앞에서 난감한 얼굴로 그를 진정시키려 했고, 현택 또한 대수를 말리느라 정신이 없었다. 승아는 이 상황이 이해가 되지 않아 어리둥절할 뿐이었다.

"알제? 이거 백 평! 내 땅인 거? 근데 가로등을 세우면 농사가 되겠나? 죄다 들깨밭인데! 밤에 가로등 불빛 환~하게 켜져 있으면 들깨는 언제 자노? 어? 들깨 농사 망치면! 누가 책임질 건데!"

"…그니까 가로등을 저쪽 방향으로 해서….'

"누구 좋으라고! 내가 왜!"

대수가 우석의 말을 잘라먹자, 현택이 대수를 말리기 시작했다.

"아부지. 노는 밭에 그냥 씨 뿌려 놓은 거잖아요."
"노는 밭이든 일하는 밭이든! 내 밭이다! 이거야!"
"멧돼지 발자국 나왔다 안 합니까. 가로등이라도 설치를 해야…."
"그니까 저들 엄마 집 들어가서 살면 되잖아!"
 대수는 현택의 말도 끊어먹었다. 대수의 화가 가라앉을 생각을 하지 않자, 현택이 킁킁, 냄새를 맡아 보았다. 역시나, 희미하게 술 냄새가 맡아졌다.
"대낮부터 하마 한 잔 하셨구만."
"아부지, 그러지 마시고…."
"가시나 하나 때문에 눈이 돌아도 한참 돌아가지고! 정신 차려라!"
 우석이 뭐라 말하려 했으나, 대수는 우석에게 삿대질을 하며 말할 틈을 안 주었다.
"이장이라고! 사사롭게 권력 남용하면 내가 가만히 안 있을 거다! 알겠나! 미꾸라지 하나가 동네 분위기 다~ 망치네!"
 대수가 휙, 몸을 돌려 쿵쿵 발을 울리며 자리를 떴다.
"미꾸라지? 나보고 하는 소리지?"
"승아야 니가 좀 이해해도. 우리 아부지 원래 저런 사람이다."
"원래 그런 사람? 그런 게 어딨어."
 승아를 달래려는 현택의 말에도 승아는 눈에 불이 번쩍 들어왔다.

 곧장 대수를 쫓아왔던 우석은 대수를 설득했다. 대수의 어깨를 주무르며 핸드폰에 재생되고 있는 영상을 설명했다.

"요즘은요, 그런 식으로 가로등 한쪽을 막으면 막힌 쪽으로는 빛이 안 새 나간다 하대요. 그니까 아부지 밭으로 최대한 불빛이 안 가게 설치를 하면…."

탁.

"말이 빛이 안 들어오지. 싫다."

"에이, 아부지, 그러지 말고…."

"그라고 민가 근처에는 총도 못 쓰는데 자가! 저기 들어와서 사는 바람에 그 근방에서 총도 못 쓰고! 멧돼지를 잡으려도 잡을 수가 있어야지! 나도 불편한 게 이만저만이 아니야!"

"휴, 그라믄… 그 밭 저한테 파실래요?"

"…뭐를?"

"들깨밭요. 안 그래도 동네에 아부지 손 타는 대소사가 을매나 많은데 들깨까지 신경 쓸라믄 너무 빠듯하다 아입니까. 들깨 농사 제가 지을게요."

"…내가 좀 바쁘긴 하지. 근데 그 땅이 내가 워낙 아끼는 땅이라. 업자가 와서 땅 팔라 할 때 내가 안 팔라고 했거든."

"아부지는 큰일 하셔야제. 저한테 파소. 들깨 값까지 쳐 드릴게."

그길로 대수는 곧장 오토바이에 시동을 걸고 혜숙에게 전화를 걸었다. 막걸리 한 잔을 거나하게 걸친 탓에 목소리가 평소보다 흥분됐다.

"땅문서 어디다 놔뒀노! 무슨 땅은! 폐가 옆에 백 평! 아, 말 많네! 쓸 데가 있으니까 그렇지! 도장은 어딨는데?"

 전화를 끊고 막 출발하는데, 뒤쪽에서 경찰차 소리가 들렸다.

 -아부지, 잠시 길가에 정차하세요.

 대수는 어리둥절한 얼굴로 갓길에 오토바이를 세웠다. 경찰차도 갓길에 멈추어 서고, 수영과 남 순경이 다가왔다.

 "뭐? 왜?"

 "휴, 아부지, 음주하셨니껴?"

 "엉? 무슨 음주야."

 수영이 음주 측정기를 꺼내곤 대수의 입에 가져다 댔다.

 "자, 불어 보소."

 "갑자기 다짜고짜 뭐를 불어! 안 마셨다니까! 하늘에 맹세코 안 마셨다니까!"

 "음주 측정 거부하면 이 더 커지니더. 얼른 불어 보소."

 "이… 이거! 이거! 표적 수사! 뭐 그런 거 아이가!? 어? 검문하는 날도 아닌데 왜 카는데!"

 "저희도 신고받고 왔어요."

 "신고? 신고?! 어떤 호로 잡놈이 이 김대수를! 나는 결백하다, 이거야! 누군데? 어? 누가 신고했는데!"

 "행동이나 마음씨가 깨끗하고 조촐하여 아무런 허물이 없음. 결백이 무슨 뜻인지 모르시는 것 같아서요."

 승아였다. 우석은 승아의 말에 골치 아프다는 듯 이마를 짚었다.

 "…니… 설마 니가 신고했나? 저… 저! 싸가지 없는 가시나가!!"

 무례한 사람에게 무례함으로 복수한 승아는 대수의 말이 안 들린다는 듯 가뿐한 걸음으로 멀어졌고, 대수는 그 뒤통수에 대고 '일로 안 오나!' 열을 냈다. 남 순경과 수영이 대수를 말리느라 소란스러웠다.

우석은 다 된 밥에 침을 뱉은 승아에게 화가 났다.
"니는 일을 그렇게밖에 해결을 못 하나?"
"내가 뭘!"
우석은 막 마당으로 들어서는 승아의 뒤를 졸졸 쫓으며 잔소리를 쏟아부었다.
"니 그렇게 융통성 없이 굴면 우짜는데? 그래 빳빳하게 굴면 이 동네에 발 못 붙인다. 좋게, 좋게 해결하면 되잖아."
"잔소리할 거면 가."
"사람을 봐가면서 수를 써야지. 냅다 들이받으면 우짜자고? 동네 코딱지만 해서 소문 잘못 나면 얼마나 골치 아픈지 모르나?"
"…왜 몰라, 내가? 소문 좀 나라고 그래. 주씨네 딸내미 건들면 들이받으니까 함부로 건들지 말라고."
"주승아! 니 자꾸 일 키울 기가!"
"좋게 좋게 뭘 해? 내가 만만하니까 만만하게 대하는 거야. 그냥 호구 취급하는 거라고."
화가 난 듯, 승아는 툭 쏘아붙이고 쾅! 소리가 나도록 문을 닫으며 방으로 들어갔다.

* * *

우석과 승아 사이에 냉기가 흐르길 며칠째. 슈퍼 내부에 놓인 테이블에 대수와 마을 사람 여럿이 모여 뭔가를 보고 있었다. 승아가 결혼식장 뷔페에서 밥을 꾸역꾸역 삼키며 닭똥 같은 눈물을 뚝뚝 흘리고 있는 영상이었다. 처연한 승아의 모습이 이 사람, 저 사람에게 옮겨지고 있었다. 남말하기 좋아하는 작은 시골 동네에 소문이 나는 건 하루도 걸리지 않았다. 말문을 연 것은 수자였다.

"누구 말로는 승아가 임자 있는 남자 꼬실라다 그래 된 거라 카대?"

"아이다, 우리 딸내미 말로는 그 아나운서가 딴 여자랑 바람이 나서 결혼한 거라 하드라."

"남자가 바람이 났다는 기가, 승아가 바람을 피웠다는 기가. 뭐 어쨌다는 건데?"

그때, 슈퍼 문이 열리고 승아가 들어왔다. 사람들은 대화 주인공인 승아가 등장한 순간, 입을 꾹 다물고 옅은 미소만 걸쳤다. 승아 또한 어색한 얼굴을 한 마을 사람들과 눈이 마주치고 저들의 시선이 전부 제게 향해 있단 걸 깨닫고 움찔했다. 이내 까딱 가볍게 고개 숙여 인사한 뒤 생수와 소주 한 병을 골라 들었다.

"기든 아니든! 여자가 문제가 있으니까 사달이 난 거 아이가! 남자가 바람을 피우는 것도 여자가 단속을 못 해서 그렇고, 남의 남자 꼬시는 것도 제정신 아닌 년이고…."

대수의 말에 승아는 마을 사람들끼리 모여 제 이야기를 나누고 있다는 것을 알았다. 민망하기도 하고 화가 나기도 했지만 그냥 무시하기로 마음먹었다. 별다른 반응을 하지 않는 게 괘씸했는지, 대수가 들으란 듯 크게 덧붙였다.

"눈깔부터가 남의 인생 말아먹을 눈깔이더라니까!"

그때, 현택이 아이스크림을 한가득 들고 들어와 사람들을 향해 인사를 건넸다. 승아도 그 틈에 카운터에 고른 물건들을 올려 두었다.

"계산이요."

"그게 다~ 지 어미 닮아서 그렇지, 뭐!"

승아가 자신을 무시하는 것에 열 받은 대수가 또다시 소리치자, 사람들은 기겁하며 그를 말렸다.

"뭐 내가 틀린 말 했나. 지 어미도 남의 인생 말아먹기로 유~명하다 아이가. 이 동네에 쟈들 엄마 손 안 탄 남자 있나? 콩 심은 데 콩 나고, 팥 심은 데 팥 나지."

대수의 말이 점점 선을 넘어가자, 눈치 빠른 현택이 화들짝 놀라대수를 말리고 있는 수자에게 물었다.

"아부지, 술 많이 하셨니껴? 제가 모셔다드릴까요?"

"그래, 아부지 좀 모시고 가라."

"뭐가! 한 개도 안 취했다 이거야! 평소에 행실이 똑바르면 구설수에 오를 일이 있나! 쟈가 지들 엄마한테 배운 게 그거밖에 없는 거지. 그 핏줄이 어디 가겠냐고!"

"아부지, 가시더! 예??"

"하, 아저씨도 타셨어요? 우리 엄마 손?"

참을 만큼 참던 승아도 대수를 똑바로 노려보다 날카롭게 물었다. 그에 어이가 없어진 대수가 벌떡 일어나 삿대질을 하며 방방 뛰었다.

"뭐? 내를 뭘로 보고!"

"우리 엄마가 손도 안 댄 거 보면 어지간히 별 볼 일 없으신가 봐요?"

사람들이 기겁하여 승아를 쳐다보고, 대수도 당황하여 말을 더듬었다.

"이… 이…! 머리에 피도 안 마른 게! 싸가지 없이!! 야!!"

"아부지!!"

"아저씨나 잘하세요! 자기 인생이나 똑바로 살 것이지! 남의 인생에 관심 갖지 마세요. 함부로 입 놀리지 마시라고요!"

승아는 계속해서 대수를 몰아세웠고, 대수는 달리 할 말이 없는지 분통만 터트리고 있었다. 전후 사정을 모르는 우석이 승아를 잡아당겨 제 앞에 서게 했다.

"주승아! 이게 어디서 어른한테 버르장머리 없이! 뭘 잘했다고 눈을 치켜뜨는데? 얼른 아부지한테 사과드려라."

승아가 우석의 손을 뿌리치고 몸을 돌리는데, 우석이 다시금 잡아당겨 제 앞에 세웠다.

"빨리 사과 안 드리나!!"

짜악-!

더 이상 참을 수 없었던 승아가 우석의 따귀를 내려쳤다. 슈퍼가 고요에 휩싸였다.

"너나 잘해."

승아는 욱신거리는 볼을 감싼 채 멍한 얼굴을 한 우석을 뒤로하고 슈퍼를 나섰다.

"내가 미쳤지. 여길 왜 와. 이 동네가 얼마나 거지 같은 촌구석인데. 뭐 좋은 꼴 보겠다고 여기를…! 그럼 그렇지."

그런 승아의 뒤를 따르는 둔탁한 발소리가 있었다. 승아는 쾅쾅 거친 발걸음으로 걸어대느라 미처 듣지 못했다.

* * *

현택은 아직도 멍한 우석을 끌고 슈퍼 밖으로 나왔다.
"괜찮나."
"내 지금 뺨 맞은 거제? 뭐를 잘못했다고, 내가?"
"휴, 미안하다. 내가 사과하께."
"니가 왜 사과하는데?"
"우리 아부지가….."

여전히 화가 풀리지 않아 씩씩대던 대수는 맥주 한잔을 하며 겨우 진정하고 있었다.
그때, 우석이 '아부지요!' 소리치며 슈퍼 안으로 들어왔다.
"승아한테 그래 함부로 말하는 건 아니잖아요! 암만 술에 취했어도 그렇지. 말은 가려가면서 해야제!"
"뭐…? 뭐! 뭐라고!"
"야는 또 와 이라노! 우석아!"
겨우 진정된 대수에게 불도저처럼 밀도 들어오는 우석을 사람들이 말려 보았으나, 우석은 멈출 줄을 몰랐다.
"아, 솔직히 승아가 뭐 잘못한 게 한 개라도 있어요? 예? 그 집 내가 세 줬고! 가로등 다는 게 불법도 아니고! 음주는 아부지가 잘못한 거 맞잖아요!"

"니… 니! 인마가!"

"땅? 그거 내가 안 사요! 드럽고 치사해서! 안 산다, 안 사!"

우석은 그리 쏘아붙인 뒤 나가 버렸다.

한참을 쾅쾅 걷던 승아는 그제야 제 뒤를 따라붙는 발소리를 듣게 됐다. 뭔가 싶어 뒤를 돌아보는데, 길 한가운데에 거대한 멧돼지 한 마리가 보였다. 우석이 했던 말처럼 300근은 족히 넘는 것처럼 거대했다. 그 거구에 놀란 승아는 온몸이 굳는 걸 느꼈으나, 도망쳐야겠단 생각만으로 다리에 힘을 주어 천천히 뒷걸음질 치기 시작했다.

그때, 멧돼지 뒤로 트럭 한 대가 지나갔고, 덜커덩 소리에 놀란 멧돼지가 승아를 향해 달려오기 시작했다. 조금만 멈칫했다간 멧돼지에게 들이받힐 것 같았기에, 승아 또한 미친 듯이 달렸다.

어느새 집 근처까지 다다랐으나, 멧돼지는 달음박질을 멈출 줄을 몰랐다. 마당에 들어서서 뒤를 돌아보는데, 멧돼지 또한 막 마당을 뛰어넘고 있었다. 멧돼지가 승아를 막 들이받으려던 순간, 마당 한쪽에 묶여 있던 개가 으르렁대다 왈왈, 크게 짖어댔다. 그 소리에 놀란 멧돼지가 방향을 틀었고, 다행히 멧돼지와 부딪히지 않을 수 있었다.

그러나 멧돼지가 향한 방향이 마당 한쪽에 쌓아 둔 쓰레기 더미여서 마당이 엉망이 되었다. 승아는 멧돼지가 정신을 못 차리는 사이에 예삐를 데리고 집 안으로 뛰어 들어갔다. 신발을 채 벗을 생각도 하지 못한 채 문을 꼭 닫고 숨을 골랐다. 그러는 와중에도 예삐의 짖음은 멈출 줄을 몰랐다.

개를 끌어안은 채 덜덜 떨고 있는데, 갑자기 문이 벌컥 열렸다.

"승아야!"

우석은 송골송골 땀이 가득 맺힌 얼굴로 숨을 헐떡이고 있었다. 우석을 마주하자 안도감에 힘이 쭉 빠졌다.

"괜찮나?"

우석은 집 안의 방문 모두를 흔들어 보곤 열린 곳이나 문고리가 약해 열릴 것 같은 곳이 없는지 꼼꼼히 확인했다. 그 와중에도 승아의 손은 덜덜 떨렸다.

"다시 올 거 같지는 않은데…. 혼자 잘 수 있겠나?"

"어? 어… 뭐…."

"그럼 뭐… 내 갈게."

우석은 승아의 손이 떨리는 것을 걱정스럽게 보았으나 제가 해 줄 수 있는 게 달리 없다는 건 알고 있었다. 승아가 채 붙잡을 새도 없이 우석이 나가자 내심 섭섭하고 불안한 마음이 들었다. 우석이 살펴봐 주었던 방 안을 둘러보다 슬쩍 예삐 옆으로 다가가 엉덩이를 붙였다.

잠시 뒤, 문밖에서 헛기침 소리가 들렸다.

"큼, 그… 우리 예삐가 걱정돼 가지고. 예삐… 잠들 때까지만 있다가 갈게."

"어? …어."

삐그덕-

낡은 마루 소리와 함께 우석이 벽에 기대는 소리가 들렸다. 승아도 안도하여 벽에 기대어 앉았다. 뒤늦게 제가 우석의 따귀를 때렸단 데에 생각이 미쳤다.

"볼은… 괜찮아?"

"에이, 남자가 이쯤은 아무것도 아니지. 신경일랑 쓰지 마라. …잘못했으면 맞아야지."

"……."

"이제 잘 들이받더라?"

"…응?"

"어릴 때는 착해 빠져가지고 대꾸도 못 해서 사람 속 다 뒤집어 놓더니, 이젠 시원하게 잘 덤비더만. …솔직히 훨씬 낫드라. 옛날의 니보다."

"……."

"사람이 하고 싶은 말은 하고 살아야지. 잘했다, 마. 나도 아부지한테 섭섭한 거 많았는데 속이 다 후련하네."

"참나…."

"다 리셋하고 찾아봐라."

"그래서 찾고 싶어. 나. 내가 여기서 시작됐으니까, 여기서 찾을 거라고, 나를! 내 인생 리셋하고! 새로 시작해 보고 싶다고."

"하고 싶은 대로 다 해 보라고. 오늘같이 막 들이받으면서. …여기, 고향이잖아."

현택과 대수는 우사 한쪽 컨테이너에서 점심을 먹을 준비를 하고 있었다. 혜숙은 밥을 퍼담으면서 계속 툴툴거렸다.

"언제부터 들깨 농사를 지었다고. 그 들깨도 내가 심었는데. 하이고, 어제 너희 아버지 술 거나~하게 하고 잘 동안 그 집 딸내미는 멧돼지 만나서 다칠 뻔했다더라. 가로등 그게 뭐라고. 다쳤으면 괜히 가로등 못 달게 해서 다쳤다고 얼~마나 말이 많았겠노."

"밥 먹는데 조잘조잘! 뭔 말이 그래 많노!"

탁.

혜숙은 꾹 참는 표정으로 대수 앞에 밥그릇을 놓아 주었다. 그 소리에 놀라 움찔하고, 현택이 두 사람의 눈치를 보는 사이, 그들을 부르는 목소리가 들려왔다.

"아저씨! 식사 다하셨으면 저랑 얘기 좀 하시죠!"

승아였다.

우석은 SS기를 꺼내서 제대로 작동되는지 확인하고 있었다. 그때, 대수가 사과밭으로 들어와 괜히 기계를 살피는 척했다. 어젯밤에 있었던 일 때문에 데면데면했던 우석이 먼저 말을 걸고, 대수도 뻘쭘하게 받아쳤다.
"오셨니껴."
"약 치려고?"
"예, 칠 때 됐으니까."
"그… 저 위에, 그 주씨 딸네집. 거기 가로등 설치해라."
"…예?"
"내가 명색이 유해 동물방지단으로서 멧돼지가 내려온다는데 그냥 넘어갈 수가 없제. 큼, 민원 넣어서 설치해 줘라."
"가로등 설치해 주라고요?! 진짜요? 진짜지요, 아부지?!"
"조속히 해 줘라!"
"무슨 일이고…?"

일복을 입고 오두막에 앉아 국화차를 마시는 승아에게 우석이 헐레벌떡 다가왔다.
"아부지가 가로등 조속히 설치하라더라!"
제법 반가운 소식을 들고 왔음에도 승아는 별다른 반응 없이 느긋하게 국화차만 마시고 있었다.
"니, 알고 있었나? 설마… 니가 설득했나?"
"사람이 하고 싶은 거 하고 살아야 된다며. 나만 그렇겠어?"

"어?"

"올해 운이 좋으려나 봐. 어쩐지, 어디서 본 거 같더라니."

그리 말하는 승아는 어쩐지 뿌듯한 표정이었다. 도통 무슨 소리를 하는지 이해하지 못한 우석이 다시 되물었으나, 승아는 여전히 두루뭉술하게 대꾸할 뿐이었다.

"뭐라카노?"

"각자 하고 싶은 거 해야지."

* * *

-이게 멧돼지 발자국입니다. 이 정도면 얼추 삼백 근. 찍힌 지 얼마 안 된 게, 이 근처에 있을 거 같은데요.

대수가 망원경을 들고 두리번거리는데, 대수 어깨에 달린 무전기에서 삑- 소리가 났다.

-지금 그쪽으로 사냥개가 뛰거든요? 확인 부탁합니다.

그때, 타닥- 발소리가 들렸다. 대수는 휙, 빠르게 몸을 돌리곤 순식간에 자세를 잡아 망설임 없이 탕- 탕! 총을 쏘았다.

-포획 완료.

"이야, 우리 아부지, 승아 덕분에 소원 성취하셨네. 승아가 방송국에서 일하더니 인맥이 좋네. 안다는 피디한테 제보하자마자 바~로 방송 나온다 아입니까."

대수네 가족은 〈나는 고향인이다〉 지역 방송을 보고 있었다. 이 주의 주인공이 바로 대수였던 것이다.

대수의 오래된 염원이 방송 출연이라는 걸 승아가 알게 된 건 우연이었다. 대수는 생각보다 고집이 세고 생각보다 구슬리기 쉬웠다. 방송 출연을 내걸고 가로등을 달게 해 달라 했더니 쉽게도 오케이를 외쳤다. 남아 있는 자존심에 두 사람이 거래를 한 건 비밀로 붙이는 조건을 걸었다. 그래 봤자 온 동네 사람들 중 모르는 사람은 없지만 말이다.

"이 김대수가 테레비에 나올 만한 사람이니까 바~로 찍어 가지. 방송이 뭐 찍어 달라고 하면 아무나 다 찍어 가는 줄 아나?"

대수가 자랑스럽다는 듯이 가슴을 편 채 당당하게 말하자, 혜숙이 한숨을 내쉬었다.

"승아 갸도 참, 속도 없다. 뭘 잘해 줬다고 제보까지 해 주노."

"속이 없는 게 아이고 안목이 있는 거지! 어릴 때부터 가가 머리가 좋더라니. 원래 머리 좋은 아들이 센스도 있어. 큰물에서 놀다 오니까 그릇도 크다 아이가~"

"예, 아부지 말이 다~ 맞니더."

현택이 대수의 기분을 맞춰 주려 대충 대답했고, 혜숙은 말없이 고개만 절레절레 저었다. 이 상황이 마음에 들지 않는 건 윤정 하나였다.

* * *

막 어둠이 내려앉기 시작한 저녁. 우석과 승아는 가로등 근처 길을 나란히 걷고 있었다.

"새삼스럽게 집까지 데려다주려고?"

"가로등 불 잘 들어오는지 확인하러 가는 길이거든?"
"휴~ 날씨 좋~다~"
"집도 구하고 가로등도 달고. 신났제?"
"내가 마음만 먹으면 다 할 수 있다, 이거야~"
"그래, 다~ 해라, 니 하고 싶은 거."
"두고 보라지. 다 할 거야!"

그때 하늘이 조금 더 어두워지며 가로등에 반짝, 불이 들어왔다. 앞서가던 승아가 어? 하며 가로등을 올려다보았고, 우석도 승아를 따라 걸음을 멈추고 가로등을 올려다보았다. 조금 뒤에서 걷던 우석이 발걸음을 떼며 고개를 내리는데, 가로등을 올려다보고 있는 승아의 얼굴이 시야에 가득 찼다.

아이처럼 웃고 있는 승아의 모습에 시선을 빼앗긴 사이, 승아의 고개가 내려가고, 우석과 눈이 마주쳤다.

"불 들어왔다!"

쿵쿵쿵-

큰일 났다.

해사한 미소를 가득 머금은 승아의 얼굴에 우석의 심장이 뛰기 시작했다.

장독대가 가득 놓인 시골집 마당 한구석엔 차마 집 안으로 들어가지 못한 짐들이 가득 쌓여 있었다. 8살의 어린 승아는 짐 옆에 서서 겁먹은 채 눈치를 보고 있었다. 소란을 듣고 온 동네 사람들이 담 너머에 삼삼오오 모여 있던 탓이었다.

집 안에서 물건이 깨지는 소리가 들려오고, 뒤이어 대로한 외할머니의 외침이 마당을 울렸다.

"뭐? 저 밖에 있는 게 니 새끼라고? 애비가 누군지도 몰라?"
"그런 거 없이도 저만큼 키웠다."
"그게 자랑이라? 무슨 낯짝으로 고향에 저거 손잡고 내려왔는데!! 동네 창피한 줄도 모르고!"
"살려고."
"지웠어야지. 아니면 차라리 같이 죽던가!"

"엄마!"
"내는 밖에 있는 저거 내 집에 못 들인다. 가라. 당장 가라고!"
"못 간다! 아니! 안 간다!"
 외할머니와 연미의 대화 소리가 점점 더 커지고 물건이 던져지며 깨지는 듯한 소리까지 연이어 들리자, 사람들이 승아를 힐끔거리며 수군대기 시작했다. 그에 기가 죽은 승아는 눈치를 보는 것도 힘들어 도망치듯 자리를 피했다.

 마을 초입까지 내려온 승아는 큰 버드나무 뒤에 숨어 나뭇가지로 바닥을 내리긋고 있었다. 그때 승아의 눈앞에 두 쌍의 신발이 보였다. 잔뜩 겁먹은 승아가 조심스럽게 눈을 들자, 어린 윤정과 어린 현택이 서로를 바라보며 다투고 있었다.
"우유 많이 먹어서 하얀 거라니까?"
"우유 먹는데 왜 하얘지는데."
"선생님이 그랬다니까. 우리 전부 다 까매서 하얘지라고 매일 우유 나오는 거라고."
"그럼 우리 집에 백구는 왜 하얀데?"
"백구도 자기네 엄마 우유 먹고 자랐잖아!"
"그럼 수영이네 황구는?"
"…우유를 반만 먹었는갑지. 아니면 야는 어떻게 이렇게 하얀데?"
 투덕거리던 윤정이 승아를 가리켰다. 싸우는 듯한 사투리에 더욱 겁을 먹은 승아는 저를 가리키고 있는 손가락과 윤정, 현택을 번갈아 보았다. 그때, 누군가 승아의 볼을 콕 찔렀다. 화들짝 놀라 어깨를 파드득 떨며 고개를 돌리자 남자아이가 눈에 들어왔다.

"와, 움직이네. 사람 맞구나. 내는 니 인형인 줄 알았다."

우석의 감탄에 눈만 껌뻑이고 있자, 또다시 감탄이 들려왔다.

"와, 니 진짜 이쁘다. 이름이 뭔데?" 승아가 대답 없이 눈만 연신 깜빡이는 동안에도 윤정과 현택은 여전히 투덕거리고 있었다.

"우유 때문이라니까!"

"야! 이윤정! 조용히 안 하나! 니 때문에 겁먹었잖아."

"내가 뭐!"

우석의 외침에 윤정이 승아를 쳐다보더니 이내 입을 꾹 다물었다. 정말로 승아가 겁에 잔뜩 질린 얼굴로 윤정을 올려다보고 있었기 때문이었다. 윤정이 조용해지자 우석이 다시 승아를 바라보았다.

"…승아. 주승아."

"뭐라 하노."

"주승아…. 와… 이름도 이쁘네."

승아가 대답했으나, 그 소리가 너무 작았는지 윤정이 투덜거렸다. 소란에도 아랑곳하지 않고 승아의 목소리를 들은 건 우석 하나였다. 우석이 또다시 승아의 볼을 콕 찔렀다.

"찜. 니 내가 찜해도 되제? 우리 마을에 잘 왔데이."

승아는 환히 웃는 우석을 따라 웃어 보였다.

승아와 우석의 첫 만남이었다.

〈남진-님과 함께〉가 마을 전체에 울려 퍼지고, 우석의 개 예삐가 마당 한쪽 구석에서 무언가를 발견했는지 맹렬하게 짖고 있었다. 승아네 집 앞엔 이삿짐 차량이 서 있고, 이삿짐센터 직원들이 분주히 움직여 세탁기, 냉장고, 가전제품과 가구, 짐이 들어 있는 박스 등을 줄줄이 옮기고 있었다.
"그건 여기 놔 주세요! 침대는 여기요!"
을씨년스러웠던 폐가는 수리를 마쳐 제법 깨끗해진 상태였다. 정신없이 분주한 상황 속, 윤정과 함께 그 모습을 지켜보고 있던 수영이 말을 건넸다.
"전입신고까지 다 했다 하드라. 기어이 뿌리까지 내렸네, 승아가. 아줌마 오시면 뒷목 잡고 쓰러지시는 거 아이가."
"돈이 남아도는갑다. 별 지랄을 다 하네."

윤정은 이 상황이 못마땅한지 인상을 팍 찌푸리며 사납게 말했다. 그때 승아가 주머니에 있던 머리끈으로 머리를 질끈 올려묶곤 짐을 들고 집 안으로 들어가는 모습이 보였다. 그 모습을 본 수영이 감탄을 내뱉었다.

"와, 승아는 계~속 이쁘네. 우리 어릴 때도 동네 머스마들이 청순하다고 난리였잖아."

"남자들은 죽도 못 먹은 거 같은 가시나들한테 청순하다 카드라? 청순을 무슨. 피골이 상접한 거지, 그게."

쿡쿡 웃으며 윤정에 말에 대충 대꾸하던 수영이 무언가 찾는 것처럼 갑자기 주변을 두리번거렸다.

"근데 웬일로 우석이 오빠야가 안 보이노? 두 팔 걷어붙이고 이 삿짐 나르고 있을 줄 알았디만."

"우리 오빠야가 할 일이 없나."

"…바쁘지, 우리 이장님. 승아 생각할 겨를도 없이 바쁘지."

또다시 날 선 대답에 살짝 기가 죽은 수영이 윤정을 달래며 사라졌다.

이사를 끝낸 승아는 뿌듯한 얼굴로 집 안을 둘러보았다. 적당히 불어오는 바람에 살랑거리는 커튼이 평온한 분위기를 자아냈다.

꼬르륵-

정리를 마치자 기다렸다는 듯이 뱃가죽이 울렸다.

"이삿날은 짜장면인데. 여기까지 배달 올 리도 없고…. 아, 배고파."

냉장고를 뒤적이다 고개를 드는데, 마당에 자리 잡고 앉아 예삐에게 간식을 주고 있는 우석이 보였다.

"뭐 해?"

승아는 마당으로 나와 우석에게 다가갔다. 우석의 옆엔 고급사료와 고급 간식 여러 개가 놓여 있었다.

"어…? 그… 우리 예삐 간식 주러 왔는데? 니가 아무거나 막 먹이는 거 아닌가 감시도 좀 하고."

"너 잘 왔다. 온 김에 개 좀 데려가. 시끄러워 죽겠어. 얼마나 짖는 줄 알아? 밤에도 짖고, 낮에도 짖고. 게다가 나만 보면 짖어."

"우리 예삐 덕분에 이 집에 야생동물 같은 거 안 내려오는 거다. 예삐한테 고마워해라. 야를 내가 얼마나 애지중지 키웠는데. 내 부적이다, 부적."

"아이고, 그렇게 귀한 개님이 여기 있으시면 되나?"

승아가 어이없다는 듯이 웃으며 대꾸하자 예삐가 또다시 짖기 시작했다.

"저 봐, 저 봐. 또 짖어!"

"야가 어릴 때는 니 보고 안 짖었는데. 기억 안 나나, 요~만할 때 길에서 데리고 왔잖아."

"…기억 안 나는데?"

"머리도 좋은 게 기억도 못 하노. 그때…."

"그 뒤에 검은 봉지는 뭐야? 다 예삐 꺼야?"

"아… 이거?"

우석의 말을 끊고 뒤의 검은 봉지를 가리키며 묻자, 우석이 머쓱한 얼굴로 봉지를 들고 자리에서 일어났다.

"우리 동네에 중국집 없잖아."

우석은 마당 한쪽에 놓인 아궁이 위에 가마솥 뚜껑을 뒤집어 놓고 식용유를 넉넉히 두른 뒤 돼지고기를 볶았다. 고기가 어느 정도 익자 양파를 한가득 넣고 물 조금과 함께 넣는 건 아쉽게도 짜장라면 소스였다. 삶아 둔 면에 소스를 부어 툇마루에 앉아 있는 승아 앞에 놓아 주었다. 기대와 달리 짜장면은 아니었지만 비주얼이 제법 그럴듯해 승아가 침을 꿀꺽 삼켰다.

"이사했음 짜장이지. 먹어 봐라."

승아는 제 앞에 앉은 우석을 의심의 눈으로 보다가 한 젓가락 먹어 보았다.

"뭐야? 완전 맛있네?"

"이연복 셰프님한테 배운 거다, 그게."

"이연복 셰프? 어떻게 만났대?"

"유튜브로."

"하, 뭐야. 근데 진짜 맛있다. 양파가 엄청 달아."

"당연하지, 내가 키운 건데. 갓 수확한 햇양파다."

"양파도 키워? 개도 키우고, 양파도 키우고, 사과도 키우고, 또 뭐 키우냐?"

"입에 들어가는 건 다 키우지. 촌에 안 키워 먹는 사람들이 어딨노. 자기 먹을 거 자기가 다 키워 먹지. 그니까 동네 슈퍼가 손바닥만 해도 안 불편하다 아이가."

"음…."

우석의 말마따나 슈퍼에서 채소라고는 한 종류도 찾아볼 수 없었다. 동네를 돌아보니 이곳 사람들 모두 빈 땅에 모종을 심느라 바빠 보였다. 다시 집에 돌아온 승아는 팔짱 끼고 서서 고민에 빠져 있었다. 제집의 마당은 제법 널따란 편이었으나 휑하기만 했다. 승아는 빈 땅에서 토마토가, 상추가, 감자가, 고추가 자라는 상상을 하기 시작했다.

"마트가 내 집 마당에 있었네!"

* * *

우석은 모종과 다양한 씨앗들이 즐비한 종묘사를 찾은 참이었다.

"행님. 내가 주문한 건 어디 있니껴?"

"어, 왔나. 저 앞에 꺼 니 꺼다."

"하마 빼놨나? 하여튼 부지런하다."

"나만 하겠나. 우석아, 니 이제 손에 흙 그만 묻히고 장가나 가라."

준비되어 있는 모종을 트럭에 싣는데, 종묘사 사장과 남직원이 번갈아 가며 말을 걸어 왔다.

"있어야 가지요!"

"있는 거 아이가. 승아 내려왔다며?"

종묘사 사장이 그리 묻자, 남직원이 장난스러운 표정으로 놀렸다.

"안 그래도 승아가 우석이네 집에 산다니더."

"뭐? 한 지붕?"

"아, 행님! 같이 사는 거 아니고 세 줬니더, 빈집!"

"이야~ 신혼집 삼을 거 두 개나 있나! 골라 하면 되겠네!"
"아~ 행님! 그런 거 아니라니까요."
우석은 저를 놀리는 말에도 그다지 기분이 나쁘지 않았다. 그새 승아가 마음속 한구석에 자리를 잡은 탓이었다. 종묘사 사장도 우석의 마음을 눈치챘는지 킥킥대며 덧붙였다.
"우석아, 결혼하면 행님이 축의금 많이 낼게. 우리 집 쁘이아이 핀데!"
"아, 참말로, 행님들 참!"
 실실 웃으며 짐을 다 실은 우석은 종묘사 앞 시장에서 옷가지를 파는 것을 발견했다. 살 게 있나 싶어 옷가지를 살피는데, 반대쪽에서 승아가 지나가고 있는 게 보였다.

 온갖 모종이 진열되어 있는 초록빛의 시장은 물건을 사고파는 사람들로 인해 시끌벅적, 활기가 넘쳤다. 덩달아 들뜬 승아도 가벼운 발걸음으로 그들 사이를 헤치고 구경했다. 뭔지도 모를 새싹들을 신기하게 보다가 모종 가게 사장에게 말을 걸었다. 집에서 미리 알아보고 이것저것 적어 온 쪽지를 살피는 건 덤이었다.
"사장님, 어떻게 파세요?"
"뭐 살 건데요."
"저는 고추, 상추, 오이, 깻잎, 애호박, 대파, 양파 가지…."
"어데 장 보러 왔니껴!"
"…네?"
 모종 가게 사장은 바쁜 발걸음을 멈추고 버럭 화를 냈다. 그러더니 승아가 말한 모종들을 한 판씩 골라 한곳에 빼는 게 아닌가.

대번에 겁을 먹은 승아는 모종 가게 사장이 쪽파를 내놓는 것을 보고 빠르게 말했다.

"어… 쪽파 말고 대파요!"

"야를 키워야 대파가 될 거 아이가!! 그럼, 뭐 고추는 씨앗부터 고추같이 생겼는 줄 아나!"

큰소리로 혼나 또다시 기가 죽어 고개만 끄덕이는데, 이번엔 농기구 사장이 웃으며 말을 걸어 왔다.

"아가씨, 그거 맨손으로 심을 끼가? 보아하니 집에 호미도 없을 거 같은데, 내가 좀 도와주까?"

그게 화근이었다. 친절이라는 가면을 쓴 상술이라는 걸 승아가 알 턱이 없었다.

모종과 농기구를 한가득 장만한 승아는 집까지 어떻게 들고 갈까 고민에 빠져 있었다.

"니 여기서 뭐 하는데?"

반가운 목소리가 들렸다. 우석이었다.

"집에 가는 거지? 잘됐다! 나도 좀 같이 가자."

"뭐… 그래, 타라."

승아는 우석의 대답이 끝나기도 전에 트럭에 제 짐을 한가득 싣고 냉큼 조수석에 올라탔다.

"니 저거 다 뭐에 쓸라고?"

"농사는 장비 빨이라고 그랬잖아, 너가. 나도 텃밭에 먹을 거 심으려고."

"텃밭 농사지으려고 농기구를 저만치나 샀다고?"

"다 사용법이 다르던데? 듣다 보니까 다 있어야겠더라고."

"하이고, 니 뭐 농사지을 줄은 아나?"

승아는 우석을 가만히 바라보다 가방을 뒤적이더니 〈한 권으로 끝내는 텃밭 농사〉 책을 꺼냈다.

"외우는 거 하나는 자신 있거든. 여기에 다 들었어."

우석은 어이가 없어졌다. 고작 책 한 권 읽은 걸로 어떻게 농사를 짓겠다는 건지. 승아는 우석이 그러거나 말거나 창문 밖으로 손을 내밀며 바람을 만끽했다.

"날씨 좋다! 이런 게 낭만이지~"

방심했다. 우석은 바람을 맞으며 기분 좋게 웃는 승아의 모습에 또다시 심장이 쿵, 내려앉는 것을 느꼈다.

* * *

집으로 돌아온 승아는 사 온 농기구와 〈한 권으로 끝내는 텃밭 농사〉를 번갈아 보며 쓰임을 익혔다.

제일 먼저 레이크를 집어 든 승아는 마당 한구석으로 가 풀과 건초 등을 긁는 일부터 시작했다. 그때 집으로 돌아갔던 우석이 퇴비와 비료를 양쪽 어깨에 두 포대씩 짊어진 채 큼큼, 헛기침을 하여 승아의 시선을 끌었다.

"우리 밭에 뿌리고 좀 남은 건데, 뭐, 니 할래?"

"와… 그걸 한 번에 든 거야? 힘 좋다, 너."

"뿌릴 줄 아나?"

승아는 고개를 저었고, 결국 우석이 밭 전체에 퇴비를 뿌려 주었다. 승아는 삽을 들고 열심히 땅을 뒤집었다. 밭일은 처음이라 허리가 아파 잠시 몸을 세우곤 목에 걸쳐 두고 있던 수건으로 땀을 닦으면서도 열심히도 일을 했다. 일을 끝낸 우석은 뭔가 아쉬운 듯 머뭇거렸다.

사라졌던 우석이 다시 돌아온 건 10분도 채 지나지 않아서였다. 웅장한 기계음에 고개를 돌려 보니 우석이 트랙터를 타고 승아의 집 앞에 서 있었다.

"와, 너 이런 것도 있어?"

"나는 웬만한 거 다 갖고 있지. 내가 또 어지간한 농기계는 다~ 운전할 줄 안다. 뭐, 시범 삼아 여기도 함 갈아줘 볼까?"

"진짜?"

"내가 이거 갈아 줄라고 갖고 온 건 아니고, 그냥 지나가는 길에. 마침 내가 트랙터를 타고 있으니까 함 해 주지, 뭐."

우석의 트랙터가 있으니 삽 따윈 필요도 없었다. 비료로 덮여 있던 승아의 밭은 금세 촉촉해졌다. 그 뒤로도 우석은 집으로 돌아가지 않고 승아 밭의 이것 저것을 대신 해 주었다. 우석 덕분에 이랑과 고랑까지 만들어져 제법 밭 모양새를 띠었다. 승아는 왠지 뿌듯한 얼굴로 삽괭이로 고랑을 팠고, 우석은 그 뒤를 따라 삽으로 두둑을 만들었다.

밭 끝까지 일을 마친 승아가 삽괭이를 내려놓고 뒤를 놀자 우석이 어쩐지 민망한 표정으로 서 있었다.

"이제 적과 시작하면 밭에 할 일 많으니까… 빨리 끝내야 우리 밭에서 일하는데 지장이 없제. 직원… 복지! 이게 다 직원 복지다. 자, 마무리는 니가 해라."

우석은 더듬더듬 이야기하다 승아에게 삽을 내밀곤 곧장 몸을 돌렸다. 그러다 뭔가 생각난 듯 다시 돌아와 승아의 손에 검은 봉지를 쥐여 주었다.
"이게 뭔데?"
"그… 농사가 장비 빨이잖아. 간데이!"
"오늘 고마워! 고생했어!"

뒷정리까지 마치니 금세 밤이 되었다. 땀에 젖은 몸을 씻고 거실에 나온 승아는 냉장고에서 차가운 물로 목을 축이곤 시원한 한숨을 내쉬었다. 그러다 문득 식탁 위에 놓인 검은 봉지가 시야에 들어왔다. 확인해 보니 모자와 팔 토시, 농사용 앞치마, 장화가 들어 있었다. 심지어 앞치마를 제외한 모든 물건이 화려한 꽃무늬였다.
"얘는 취향이… 뚝심 있네. 고집 있어."

다음 날 오후, 트럭을 타고 승아의 집 근처를 지나가는데, 마당 한쪽에 쪼그리고 앉아 있는 승아가 보였다. 모자도, 팔 토시도, 장화도, 앞치마도 모두 우석이 선물해 준 것을 착용한 채 호미를 야무지게 쥐고 모종을 심고 있었다. 그 얼굴이 제법 환하고 즐거워 보여 우석 또한 뿌듯해졌다.

수자와 혜숙은 마을회관 옆 오두막에서 고구마를 나눠 먹으며 휴식을 취하고 있었다.

"이장네 다음 주부터 적과 한다고 그러던데."

"올해는 일손이 하나 늘어서 낫겠다마는."

"일손이 늘었는지 손이 더 갈지 알 수가 있나. 그때 가서 보면 알겠지."

그들의 앞으로 승아가 밝게 인사하며 빠르게 지나갔다. 모종을 심던 그 복장이었다.

"승아 쟈 또 읍내 나가나."

"저 가시나 귀신 붙었잖아. 호미 귀신. 허구한 날 읍내 나가서 모종 한 사바리 사 들고 온다 하대."

"부지런도 하다. 호미 귀신 한 번 붙으면 굿해도 잘 안 떨어지는

데. 쯧쯧."
 그때, 뒤에서 모자로 얼굴을 덮은 채 누워 쉬고 있던 대수가 스
윽 일어나 뛰어가고 있는 승아의 뒷모습을 가만히 바라보았다.

 간이 버스 정류장에는 오래돼서 빛이 바랜 공익광고 포스터가
붙어 있었다. 〈헌**혈**로 이어진 인**연**, 우리는 모두 가족입니다〉
 승아가 아나운서 시절 찍었던 공익광고 포스터였다. 그것을 발
견한 승아가 가만히 웃으며 중얼거렸다.
 "이게 아직도 있네."
 낡은 포스터를 살피다 이내 정류장 의자에 앉아 버스를 기다리
고 있는데, 누군가 말을 걸어왔다.
 "읍내 나가려고?"
 화들짝 놀라 고개를 돌리니 의자 끝에 대수가 앉아 있었다.
 "버스도 한 시간에 한 대밖에 없는데 안 불편하나?"
 "불편은 하죠. 근데 뭐 어떡해요. 이 동네엔 택시도 없는데."
 대수는 승아의 말에 대꾸도 하지 않고 씨익 웃어 보였다. 그 웃
음에 불안해진 승아는 괜스레 세모눈을 뜬 채 그를 경계하였다.

 "혈연, 지연, 학연 중에 제일은 지연이다, 이 말이야. 고향 사람
좋다는 게 뭐겠노. 어려울 때 돕고 살아야지."
 대수는 자신의 집 뒷마당으로 승아를 데리고 들어오며 파란 방
수포를 가리켰다. 승아가 퉁명스러운 얼굴로 구시렁거렸다.
 "그런 분이 가로등도 못 달게 했나…."
 "안 그러게 생겨가지고 뒤끝 있네."

대수가 방수포를 벗기자 예전에 단종된 새빨간 티코가 드러났다.

"여자 혼자 타기에는 이만한 사이즈가 없지. 이게 이제 구하려고 해도 쉽게 구할 수도 없데이. 레… 그 뭐라 카드라. 레트로트? 뭐 그게 요즘 유행이라 카드만."

승아는 빨간 티코에 홀라당 반해 차 주변을 돌며 구경을 했다. 이내 운전석에 앉아 보기까지 했다. 옛날 차답게 사이드 브레이크도 손으로 조절하고, 기어도 수동식이었다. 차 내부를 정신없이 살피는데, 대수가 창문으로 고개를 들이밀었다.

"내부도 밖에서 보는 거보다 넓제? 단거리밖에 안 뛰어서 차에 하자도 없다. 어때, 마음에 드는갑지?"

"네, 완전요."

"아… 인심 썼다. 내가! 오십! 오십에 가져가라."

"오십이요? 차를? 오십에 판다고요? 개이득이네?"

"개이…덕? 그게 뭔지는 모르겠지만… 그래, 개이덕!"

"근데… 저 면허 없는데?"

"뭐?! 면허가 없어? 니는 그 나이 먹도록 남들 다 따는 면허도 안 따고 뭐 했노!"

"어… 그러게요…."

"야가 인생을 대구마구 사네. 살면서 차 필요할 때가 얼마나 많은데."

"…면허 딸 생각을 왜 한 번도 안 해 봤을까요?"

"면허도 없으면서 차는 뭐 하러 보고 있는데? 나온나! 딴 사람한테 팔게!"

"잠깐…!"

대수가 운전석 문고리를 잡고 당기려 하자, 승아가 안쪽에서 문을 못 열게 막으며 무언가 결심한 눈으로 대수를 바라보았다.

***

"계세요."

그 길로 승아가 방문한 곳은 읍내의 사진관이었다. 그저 들어서기만 했을 뿐인데, 코끝에 안경 걸친 나이 많은 사진사가 읽고 있던 신문 접고 일어나더니 카메라 앞에 섰다. 그러곤 승아에게 카메라 앞에 앉으라고 손짓했다. 당황스럽긴 했지만 일단 자리에 앉았다.

"우리 집은 포토샵 같은 거 안 해 주는데."

"자연스럽고 좋네요."

"뭐 찍으시려고?"

"증명사진이요."

"여권?"

"아니요."

"취업?"

"아니요. 운전면허요."

승아를 흘깃 올려본 사진사가 이내 하나, 둘, 셋을 외치고 찰칵, 사진을 찍었다.

사진을 찍자마자 면허학원 등록까지 마친 승아는 우석에게 당당히 면허를 따겠노라 선언했다. 어린 사과나무가 즐비해 있는 사과밭 한쪽에서 가지 사이에 이쑤시개를 고정하던 우석이 승아가 한 말에 행동을 멈추고 승아를 돌아보았다.

"현택 오빠네 아저씨가 차를 오십만 원에 팔겠대. 대박이지. 근데 수동식이라 1종 보통으로 따야 돼."

"니 설마 텃밭 농사지으려고 차를 산다 이 말이가?"

"뭐… 교통도 불편한데 차 한 대 있으면 편하고 좋잖아. 계산해 보니까 차 사는 게 훨씬 절약하는 방법이기도 하고."

"학원 얼마 주고 등록했는데?"

"…팔십오만 원."

"하! 오십만 원짜리 차 사려고 팔십오만 원을 썼다고? 배보다 배꼽이 우리 집 앞산만 하네?"

우석이 잔소리할 준비를 했으나, 승아는 익숙하다는 듯 한 귀로 흘리며 주머니를 뒤적거렸다.

"니는 생각이라는 거를 하고 사는 거 맞나? 절약? 니 차 유지비 생각 안 하나? 그라고. 오래된 차는 수리비가 더 나오는 거 모르나? 자동차는 카센터 한 번 들어가면 부르는 게 값이다, 마!"

역시나 이어지는 잔소리에 고개를 저은 승아는 우석의 말을 막기 위해 그의 얼굴에 증명사진을 들이밀었다.

"잘 나왔지?"

너무 가까워 시야가 잡히지 않자, 우석이 한 걸음 물러났다. 작은 종이엔 승아의 얼굴이 한가득 새겨져 있었다.

"아나운서 준비할 때 찍었던 게 마지막이거든. 그때는 증명사진에 있던 게 내가 아닌 거 같았는데 이건 완전 나같이 나왔어. 오랜만에 사진 찍으니까 뭔가를 도전하는 기분 같은 게 생기는 거 있지? 그거 알아?? 내가 살면서 면허 딸 생각을 한 번도 해 본 적이 없더라."

"왜? 안 불편하더나?"

우석은 승아의 사진을 너무 오래도록 보고 있었다는 걸 깨닫곤 머쓱한 얼굴로 시선을 휙 돌리며 물었다.

"엄마가 운전하는 거 한 번도 본 적 없어. 우리 엄마, 면허 없거든. 그래서 당연했던 거야. 면허를 따야겠다고 생각해 본 적이 없는 게. 내 우물이 엄마니까. 당연한 게 아닌데. 자, 너 한 장 줄게."

"…왜? 니 사진을? 내한테?"

"아홉 장 줬는데 세 장만 쓰면 되거든."

우석이 두근대는 심장을 내리누르며 이유를 물었으나, 승아는 아무 생각 없단 얼굴로 가볍게 대꾸했다. 실망은 우석의 몫이었다.

"…나도 필요 없거든?"

그렇게 말했음에도 우석은 제 손바닥 위에 올려진 증명사진에서 눈을 뗄 수 없었다.

"승아야, 니 진짜 오빠야한테 사진 한 장도 안 줄 거가? 내가 니 사진이라도 있어야 저 힘든 군 생활 버티지. 뭘로 버티노."

"전화 자주 해."

승아는 입대를 앞두어 입을 비쭉 내밀고 있는 우석의 옷매무새를 정리해 주었다.

"아, 그거랑 이거랑 다르지! 내 이러다가 니 보고 싶어서 탈영하면 어쩔래? 감당할 수 있겠나? 오빠야 빨간 줄 만들고 싶나, 니?"

불퉁하게 나온 입술로 그리 말하는 우석을 한참 보던 승아가 한바탕 웃더니 가방에서 증명사진을 한 장 꺼내서 내밀었다. 우석이 헤벌쭉하게 웃으며 확인해 보자 어린 승아의 사진이었다.

"어? 애기 때 사진이네?"

"7살 때 제주도 가기 전에 찍은 거. 제주도 가려면 여권 필요한 줄 알았대, 엄마가. 다 잃어버리고 한 장 남은 사진이야."

"세상에 한 장밖에 없는 귀한 사진… 내 줘도 되나?"

"한 장밖에 없는 사진이니까 주는 거야. 가슴팍에 잘 넣고 다니다가 무사히 전역해."

"내가 니 주머니에 넣고 다니고 싶었는데 소원 성취했네. 고맙데이. 내가 여기 평생 넣어 놓으께."

우석은 승아의 볼에 쪽- 뽀뽀하곤 제 가슴팍에 사진을 고이 넣으며 벅찬 얼굴로 그리 말했다.

승아의 증명사진을 빤히 바라보던 우석이 과거, 승아의 증명사진을 처음 받았을 때를 떠올렸다.

"…드럽게 이쁘네, 가시나."

그때도 지금도 승아는 변함이 없이 예뻤다. 그리고 그때도 지금도 우석은 여전히 승아의 사진만으로도 심장이 말랑했다.

그때, 현택이 우석을 부르며 삼겹살을 들고 비닐하우스 안으로 들어왔다. 들고 있던 사진을 급히 주머니에 밀어 넣고 모종을 마저 심자, 현택 뒤로 수영과 윤정이 채소와 술을 들고 들어왔다.

"불 피워 놨나?"

"어, 다 준비해 놨다."

현택이 오케이~ 하며 비닐하우스 뒷문으로 나가자, 수영이 우석 옆으로 스윽 다가와 작게 속삭였다.

"오빠야, 승아도 불러올까?"

"그럴…."

"왜, 주승아 부르고 싶나?"

잘됐다 싶어 곧장 그러자는 대답을 하려던 찰나, 윤정의 날카로운 목소리가 둘 사이를 갈랐다. 화들짝 놀란 우석은 머쓱한 표정으로 호미를 내려놓고 현택을 따라 뒷문으로 나갔다.

"아, 배고프다. 현택아, 내가 다 해 놨다니까!"

비닐하우스 뒤쪽은 반짝이는 조명과 테이블, 해먹, 불명할 화로와 바비큐 그릴까지 캠핑장처럼 아주 멋지게 꾸며져 있었다. 그릴에 구운 삼겹살을 든 현택이 자리에 앉자 수영이 환호했다.

"수영아, 그거 어예 됐노. 승아 어무이 집 털어간 놈, 잡았나?"

"잡기는."

수영이 우물거리며 대충 대답하자, 우석이 대화에 끼어들었다.

"정신상태가 이상한 놈 같은데 빨리 잡아야지. 더 큰 일 나면 우짜노."

"증거가 있어야 뭘 하지. 그라고 아줌마 집도 별로 없어진 거 없잖아."

"그니까 이상하지. 그라고 승아 핸드폰은? 그거는 안 찾나?"

"도난신고 안 한단다. 술 먹고 어디 흘린 거 같다고."

"그래도 일단 도난신고는 해야…."

그 사이, 소주 한 잔을 마신 윤정이 가늘게 뜬 눈으로 우석을 흘겨보았다. 눈치 없는 우석이 말을 이어 가는 사이, 윤정의 눈빛을 읽은 현택이 얼른 우석의 옆구리를 찌르며 그만 말하라는 듯 고개를 작게 저었다.

"그래서 뭐? 니, 주승아 아직 좋아하나?"

"콜록, 콜록!"

"괜찮나."

윤정의 돌직구에 놀라 사레들린 우석이 거칠게 기침을 하자, 현택이 우석의 등을 두드려 주며 물을 건넸다. 그 와중에도 윤정의 말은 끝나질 않았다.

"주승아가 핸드폰 안 찾겠다는데 니가 왜 난린데?"

"…나는 이 동네 이장이고…."

"금붕어 새끼도 아니고 주승아한테 어떻게 차였는데. 주승아 좋아하면 인간도 아니지, 라고 니가 주구장창 얘기하던 거다. 알제?"

당황하여 작게 이어진 우석의 말을 끊은 윤정이 우석을 가리키며 날카롭게 쏘아붙였다. 우석은 기가 죽은 듯 어깨를 움츠렸고, 현택과 수영이 눈치를 보며 한마디씩 했다.

"사람이 이런 말도 하고, 저런 말도 하는 기지. 내뱉은 말 다 지키고 사는 사람이 어딨노…."

"윤정아. 둘이 헤어진 게 벌써 십 년도 더 넘었다."

탁-

윤정이 잔을 내려놓는 소리에 현택과 수영 모두 입을 딱 다물었다.

"니 삽질하는 거 옛날에 한 번 봤으면 됐다. 또 관종처럼 온 동네 시끄럽게 해 봐라. 어? 내가 다 지켜보고 있다! 알았나!"

우석이 무언가 말하려 입술을 달싹였으나, 윤정의 눈빛을 마주하자 차마 입이 떨어지지 않았다.

윤정은 뭐가 그리 못마땅한지 연거푸 소주잔을 비웠고 호기와 다르게 얼마 가지 않아 취했다. 뒷정리까지 현택은 익숙하게 윤정을 챙겼다.

봄기운이 만연한 시골 밤길을 윤정을 업고 걸었다.

"남편 쓸 만하제. 내밖에 없제~"

"당연하지. 내한테 니랑 우리 오빠야가 전분데."

윤정이 현택의 목을 꼭 끌어안자 현택이 고개를 살짝 돌려 윤정을 바라보았다.

"세상에 하나밖에 없는 오빠야 하고 싶은 대로 하게 그냥 놔두지. 니는 승아가 그래 싫나."

"어, 싫다."

"왜 싫은데."

"주승아 때문에 사람들 입에 우리 오빠야 머저리라고 오르락내리락하는 거 싫다."

현택은 윤정의 다음 말을 가만히 기다렸다.

"나쁜 년. 서울 가서는 연락 한 통도 안 하고. 우리가 알고 지낸 세월이 얼만데. …나쁜 년."

섭섭함. 윤정은 승아에게 꽤 오랜 시간 섭섭함을 느끼고 있었다. 언제부터인가 일방적으로 연락을 끊은 승아에게 윤정은 더 이상 연락하지 않았다. 우석 못지않게 승아의 소식을 궁금해 하던 윤정이었지만 자존심이 허락하지 않았다. 그렇게 쌓인 섭섭함이 지금에 와서야 삐뚤게 비집고 나오고 있었다.

"오랜만에 술 한 잔 들어가니까 어린애 같네. 우리 딸내미 생기면 딱 이윤정 같겠네."

"말 안 듣고 지랄 같겠지."

"괜찮다. 아빠 닮으면 착하겠지."

그럴 줄 알았다는 듯 옅게 웃으며 하는 말에 어이가 없어진 윤정이 현택의 옆구리를 아프지 않게 쿡 찔렀다.

"윤정아, 내는 우리 딸내미는 니랑 똑같으면 좋겠다."

"…왜?"

"두 배로 사랑해 줄 수 있잖아. 큰 윤정이, 작은 윤정이."

"피, 뭐라카노."

"내 꿈이 뭔지 알제? 좋은 아빠 되는 거. 사랑 많이 주는 거. 그거 하나는 자신 있지, 내가!"

윤정의 고개가 현택의 어깨에 더욱 깊숙이 파고들자, 현택은 새어 나오는 웃음을 참을 수 없을 만큼 행복해졌다.

학원으로 향하는 승아의 눈에 학생들이 보였다. 학생들은 길가 한쪽에 오토바이를 세워 놓고 담배를 피우고 있었다. 그중 석준이 오토바이에 앉아 시동을 걸어 보고 있었다.

"와, 죽인다. 함 앉아 봐도 되나? 와, 소리 봐봐라. 가슴이 웅장하다."

"쯧쯧, 날라리들 오토바이 좋아하는 건 세월이 흘러도 똑같네."

승아는 혀를 차며 학원으로 들어갔다.

책 한 권을 품에 안고 강의실로 들어가자, 두어 명이 미리 강의실에 앉아 있었다. 앉을 곳을 정하기 위해 두리번거리는 사이, 누군가 문을 거침없이 열고 들어오며 승아와 부딪혔다.

석준을 먼저 알아본 건 승아였다.

"어? 삥 뜯던 고딩이네?"

"어? 학교 다닐 때 찐따였다던 누나네?"

석준이 먼저 자리를 잡고 앉자, 그의 말에 어이가 없었던 승아가 그 옆에 앉으며 따져 물었다.

"내가 언제 찐따였다고 그랬어?"

"주로 삥 뜯기던 쪽이었다면서. 찐따란 소리 아니에요?"

"너 이렇게 예쁜 찐따 봤어?"

석준은 승아의 얼굴을 한참 보더니 씨익, 웃으며 승아의 말을 무시했다.

"면허 따려고요?"

"너도 면허 따려고? 고등학생 아니야, 너?"

"맞는데요?"

"나 때는 수능 끝나고 면허 땄는데. 졸업도 안 하고 면허 쓸 일이 뭐가 있다고? 나이도 어린데?"

"그러는 누나는 면허 쓸 일이 많았을 텐데 아직 면허도 없대요? 나이도 많으신 분이?"

그때 강사가 들어왔다. 책을 펴는 승아와 달리 석준은 책을 베개 삼아 엎드렸다.

"너 교육 안 들어? 필기시험 안 봐?"

"에이, 발가락으로 찍어도 합격해요."

승아는 고개를 절레절레 젓곤 책에 시선을 고정했다. 승아는 마치 수능 시험을 보는 사람처럼 시험공부에 매진했다. 원체 매사 대충 넘어가는 일이 없기도 하지만 오랜만에 자발적으로 치르는 시험에 설레기도 했다.

공들인 만큼 보람이 있었다. 승아는 당당히 만점으로 필기시험에 합격했다. 승아의 기쁨에 화력을 올려 준 건 석준의 몫이 컸다.

사선으로 앉은 필기 시험장에서 석준은 고작 45점, 합격은 턱도 없는 점수로 좌절하는 모습을 보였다.

쌤통이다.

그렇게 생각한 승아는 당당히 시험장을 나섰다. 그 발걸음은 이루 말할 수 없을 만큼 가벼웠다.

필기시험에 합격하고 사과밭으로 향한 승아는 우석 옆에 서서 가지 끝에 난 새순을 자르며 시험에 관해 이야기했다.

"그 고딩은 발가락으로 찍어도 합격이라더니 사십오 점밖에 안 돼서 탈락했어."

"니는?"

"만점! 만점 자체를 너무 오랜만에 봤다니까. 시험이 이렇게 쉽나? 나 이러다 면허 한 번에 따는 거 아니야?"

"너무 자신감 넘치는 거 아니라."

"아니? 느낌이 너무 좋아. 자존감이 막 올라가!"

-불합격입니다.

정차된 차 안. 승아는 핸들에 고개를 파묻은 채였다. 뒷자리엔 석준이, 조수석엔 강사가 타고 있었다.

"하이고, 증명사진 찍은 거 면허증에 못 박고 영정사진에 박게 생겼네."

"픕."

강사의 한숨 섞인 말에 이어 석준의 웃음소리까지 들려오자 창피함을 참을 수가 없었다. 그도 그럴 것이 석준은 필기 시험을 두 번 떨어졌음에도 승아보다 먼저 면허를 취득했다.

응시서에 합격 도장을 찍고 승아를 향하는 석준의 당당한 웃음에 하늘을 찌르던 승아의 기세가 한풀 꺾였다.

***

"승아야, 니 도로 주행 또 떨어졌나. 하마 세 번째 아이가."

적과를 하던 아주머니 중 혜숙이 저들에게서 조금 떨어진 곳에서 한껏 풀 죽은 얼굴로 적과하는 승아에게 그리 물었다. 수자와 정례도 말을 보탰으나 승아는 할 말이 없었다.

"그 정도면 운전을 하지 말아야 되는 거 아이가?"

"좋은 머리 뒀다가 어디에 쓰노, 니는?"

"나도 면허는 한 번에 땄다."

"도로에 차도 별로 없는데 떨어질 게 뭐가 있다고 자꾸 떨어지노?"

"승아 쟈는 공부 말고 도대체가 잘하는 게 없노?"

그 말에 마음이 상한 승아가 뭐라도 말하고 싶었으나 그냥 입을 꾹 다물었다. 아주머니들은 승아는 신경도 쓰지 않고 시시덕거리기 바빴다.

기세가 많이 꺾인 승아였다. 틀리지도 않은 아줌마들의 잔소리를 실컷 듣고 마당으로 들어서는데, 늘 그렇듯 예삐가 승아를 향해 맹렬히 짖어 댔다.

"너도 나 무시해? 어? 눈을 그렇게 부라리고! 어디서 큰 소리야! 그래! 나 도로 주행 세 번 떨어졌다, 왜! 뭐! 내가 떨어지는 데 니가 보태 준 거 있어?! 그래, 내가 돌대가리다! 돌머리도 아니고 돌대가리!"

그때, 빠른 속도로 승아의 집을 지나치던 우석의 트럭이 완벽한 각도로 후진하더니 승아네 집 마당에 깔끔하게 주차되었다. 우와, 작게 감탄하자 우석이 창문을 내리곤 으쓱한 얼굴로 말을 걸었다.

"남의 집 개 그만 잡고, 타라."

"어?"

"내가 해 줄게. 운전 연수. 무사고 십이 년. 내가 핸들을 잡은 이래로 사고 난 역사가 없어요. 그깟 거 뭐라고. 내한테 배우면 금방 딴다."

그 말을 하는 우석이 듬직해 보였다. 잠시 고민하던 승아는 더 이상 떨어질 수 없다는 간절함과 함께 우석의 차에 올라탔다.

운전 연수라 적힌 종이를 트럭 뒤편에 붙인 우석이 조수석으로 자리를 옮겼는데, 운전석에 앉은 승아가 아래를 바라보며 발을 꼼지락거리고 있었다.

"뭐 하는데?"

"아, 액셀이랑 클러치 위치 확인하고 있어. 왼발이 브레이크였던가?"

"…왼발은 클러치. 기능시험 합격한 거 맞제?"

승아가 말없이 고개를 끄덕였으나, 우석은 불안해졌다.

"그래. 처음에는 그럴 수 있다. 1종 보통 따는 게 원래 어렵다. 클러치랑 브레이크랑 감으로 잘 조절해야 되니까. 감은 하다 보면 늘고. 준비됐나."

"…응."

"차분하게, 겁먹지 말고. 천천히 하면 운전 그까이 꺼 다 한다. 흥분만 안 하면 된다. 오케이?"

"오케이."

"자, 출발."

승아가 기어를 1단에 놓고 액셀을 밟는데, 요란한 소리만 날 뿐, 차는 움직이지 않았다. 우석이 어이없단 목소리로 이렇게 말했다.

"사이드 안 푸나."

"아."

우석은 슬쩍 안전벨트를 한 번 더 확인했다.

그러나 우석의 호기와 차분함은 한 시간을 넘지 못했다.

쾅!

"니! 니는! 운전하지 마라! 누구 인생 말아 먹을라고! 핸들 잡는 거 자체가 살인미수다!"

혀를 내두르는 승아의 운전 실력에 질린 우석은 승아의 집에 도착하자마자 차에서 내려 아직도 운전석에 앉아 있는 승아에게 손가락질하며 화를 냈다. 그에 서운했던 승아도 차 문을 쾅, 닫고 내려서서 우석을 노려보았다. 우석은 승아를 밀치고 운전석에 올라타 승아를 내려다보며 비아냥댔다.

"니 덕에 아주 조상님이랑 인사 잘하고 왔다!"
"재수 없어!"

집에 도착한 우석은 내내 긴장하느라 말랐던 목을 축이기 위해 곧장 냉장고 문을 열어 찬물을 벌컥벌컥 들이마셨다.
"저 가시나, 도대체 기능시험은 어떻게 붙었는데?"
그 시각, 승아 역시 냉장고에서 꺼낸 찬물로 속을 식혔다.
"운전 좀 한다고 유세는. 하, 더럽고 치사해서 안 배워! 너 같이 성질 더러운 놈한테는 안 배우고 만다! 내가!"

큰소리친 전날과 달리 날이 밝자 승아와 우석은 데면데면한 얼굴로 차에 나란히 타 있었다. 당연히 승아가 운전석, 우석이 조수석이었다. 승아는 괜히 삐진 얼굴로 창밖을 바라보고 있었다. 그때 우석이 승아에게 종이 한 장을 건넸다.
"이게 뭔데."

[1종 보통 운전 노하우
하나. 클러치에 발 올리고 핸들에 손 올린 후 편안한 자세에서 좌석을 조정한다.
둘. 안전벨트를 단단히 맨다.
셋. 클러치를 있는 힘껏 끝까지 밟고 동시에 브레이크도 밟아서 시동을 건다.
넷. 까먹지 않고 사이드 브레이크를 끝까지 내려준다.
다섯. 클러치를 밟은 채로 기어를 1단에 놓고 브레이크를 서서히 떼면서 클러치도 살~살~ 반까지만 뗀다. 차가 출발하면 남은

클러치도 살~살 마저 뗀다.

여섯. 급할 거 없으니 엑셀을 천천히 스무스하게 살살 밟는다.

...

시동 걸 때, 출발할 때, 속도 바꿀 때, 주차할 때 등.]

"그냥 달달 외워라. 생방송 진행한다고 생각하고 싹 다 외우라고. 니 외우는 거 잘하잖아. 생방도 실수 안 하고 잘 하드만."

승아는 그제야 기분이 풀려 입꼬리를 씰룩이며 안전벨트를 맸다. 우석도 승아의 풀린 표정을 보곤 슬쩍 웃었다.

그러나 그 분위기도 오래가진 않았다.

달리는 차 안에서 우석은 한마디 하고 싶은 얼굴을 하고서도 입을 꾹 닫고 있었다. 운전석의 승아는 잔뜩 긴장해서 핸들에 상체를 딱붙인 채였다. 도로 위를 달리는 차도 몇 대 없건만, 오른쪽으로 끼어들질 못해서 사이드미러를 보며 달달 떨고 있었다. 차선을 바꾸려 시도했으나, 뒤 차의 빵! 소리에 다시 제자리로 오고 말았다.

"여기서 빠졌어야 됐는데 이번에도 안 들어갈 거제?"

"…지구는 둥그니까, 다른 길이 있잖아."

"…그래. 지구는 둥그니까 가다 보면 집에는 도착하겠지. 이왕 이래 된 거 경주 가서 황남빵도 먹고 부산 가서 밀면도 먹고 오자. 맛집 검색이나 해 볼까?"

"하, 정신없어! 조용 좀 해!"

어제의 분위기와 조금 달랐다. 우석이 승아에 대해 기대감이 없어졌기 때문에.

도로가 한적해지자, 드디어 승아도 조금씩 긴장을 풀 수 있었다. 그러나 그 옆의 우석은 불편한 얼굴을 하고 있었다.

"어? 여기 우리 고등학교 가던 골목 아니야?"

"…그걸 이제 알아차렸나?"

"오랜만이다. 우리 여기 아침저녁으로 다녔는데."

"……."

"저 집 아직도 있어? 진짜 반갑다. 저 집 떡볶이 엄청 맛있는데. 오랜만에 먹고 갈래?"

분식집을 발견한 승아가 반갑게 말했으나, 그 말을 들은 우석은 표정을 굳혔다. 그를 눈치채지 못한 승아가 주변을 두리번거리며 주차 자리를 찾았다.

"여기 주차할 곳 있나?"

"아니. 내 이제 떡볶이 안 먹는다."

"왜? 떡볶이 좋아하지 않았나?"

지난 일을 기억하지 못하는 듯해 섭섭한 마음이 든 우석이 작은 목소리로 한마디 내뱉었다.

"못 먹겠더라고. 떡볶이."

***

첫 휴가를 나온 우석은 벅찬 얼굴로 승아와 분식집을 찾았다. 테이블 위엔 떡볶이, 순대, 튀김, 어묵 등으로 가득 채워져 있었으나, 어쩐지 승아는 화난 얼굴로 가만히 앉아만 있었다.

"승아야. 니 왜 이래 못 먹노, 팍팍 좀 먹어라. 가시나 안 본 사이에 더 비쩍 말라가지고. 누가 보면 죽도 못 먹고 사는 줄 알겠다."

"배 안 고프다."

"떡볶이 귀신이 웬일로? 다이어트하나? 니 살 뺄 데도 없다. 김밥도 시켜 줄까?"

"안 먹는다. 오빠야 먹어라."

승아 앞으로 떡볶이를 밀어주며 달래 보았으나, 승아는 여전히 냉랭할 뿐이었다.

"나는 밥 먹고 와서 배부르다. 첫 휴가 나온 기념으로 오빠야가 다 사 줄게. 이모~ 여기 김밥하고 오징어튀김이랑 새우튀김 좀 더 주세요."

"안 먹는다니까!"

"…왜 소리를 지르노."

"안 먹는다고 했잖아! 밥 먹었다면서 여기는 왜 왔는데? 니는 먹지도 않는 거 내한테 왜 자꾸 먹으라 카는데?"

"아니, 그게 아니고, 그냥 니가 좋아하는 거니까…."

"하, 그만 만나자, 우리."

승아는 그 말만을 남기고 자리에서 일어났고, 우석은 급히 만 원짜리 몇 장을 테이블 위에 올려놓곤 그게 무슨 소리냐 외치며 승아를 쫓아나갔다.

"아니, 왜. 우리 딸내미가 왜 화가 났으까? 어? 떡볶이가 입에 안 맞나? 그라믄 딴 거 먹으면 되지. 왜 헤어지자 카노, 오빠야 섭섭하게. 어? 돈가스 먹을래? 아니면 니 좋아하는 삼겹살 먹으러 갈까?"

"니 뭐 밥 못 먹어서 죽은 귀신 붙었나? 그놈의 밥! 밥! 밥! 내 니랑 밥 먹으러 다니는 거 싫다고! 니는 내가!"
승아는 그리 쏘아붙이곤 제 손목을 붙잡은 우석의 손을 차갑게 쳐냈다. 서러운 눈으로 잠시간 노려보더니 이내 우석을 등지고 멀어져만 갔다.

* * *

탁-
기나긴 드라이브를 마치고 승아와 우석이 차에서 내렸다.
"고생했어. 면허 따면 한턱 쏠게, 내가!"
승아는 고맙단 인사를 건네곤 가벼운 발걸음으로 집 안으로 향했다. 우석은 머뭇거리며 승아를 붙잡았다.
"주승아. 뭐 하나 물어봐도 되나."
"뭔데?"
우석은 한동안 말을 골랐다. 이런저런 생각을 해 봐도 돌려 물을 방법을 찾지 못한 우석은 그답게 직구를 던졌다.
"왜 헤어지자고 했는데?"
"응?"
"그때 우리 왜 헤어졌냐고."
오랜만에 옛날 일을 떠올리니 마음이 이상해졌다. 승아는 우석의 질문이 끝났음에도 별다른 대답 없이 그저 쳐다만 보았다. 침묵이 길어지자 긴장되어 심장 박동이 빨라지기 시작했다.
"…기억 안 나는데?"

"뭐…? 기억 안 난다고?"

"사람이 만나고 헤어지는 게 뭐 대단한 일이라고. 하하, 그게 언제 적 얘긴데 그걸 기억해?"

우석의 마음이 차게 식었다. 아직도 꺼내 묻기 떨릴 정도로 그때의 일을 잊지 못하는 우석에게, 승아는 대수롭지 않은 일인 듯 잊었다 말했다.

집으로 돌아온 우석은 승아의 증명사진을 쥔 채 침대에 멍하니 앉아 있었다. 그러다 문득 지갑을 꺼내 꼭꼭 숨겨 놨던 사진 한 장을 꺼냈다. 입대 전 승아가 건네줬던 한 장밖에 없는, 아직도 버리지 못한 빛바랜 어린 승아의 증명사진이었다.

"사람이 만나고 헤어지는 게 뭐 대단한 일이라고. 하하, 그게 언제 적 얘긴데 그걸 기억해?"

"나쁜 가시나."

툇마루에 앉아 우석이 준 종이를 읽고 있던 승아는 문득 고개를 들어 제집에서 웅크린 채 잠들어 있는 예삐를 가만히 바라보았다.

"그게 언제 적 얘긴데 아직도 기억해…."

작게 중얼거리곤 예삐에게서 시선을 거두어 다시금 종이를 읽어 내려갔다. 그 얼굴엔 어쩐지 서러움이 가득 담겨 있었다.

그때, 승아 집 근처 어둠 속에는 수상한 누군가가 몸을 숨기고 있었다. 그는 마루에 앉아 있던 승아가 집으로 들어갈 때까지 미동도 없이 그녀를 관찰했다. 주머니에서 무언가 꺼낸 그는 잠시간 그것을 내려다보다 이내 몸을 돌려 사라졌다. 승아가 잃어버린 그 핸드폰이었다.

군청 앞에 주차되어 있는 빨간 티코 앞, 승아는 대수에게 당당히 운전 면허증을 내밀었다. 드디어 1종 보통 운전 면허증을 딴 것이었다.
 "의지의 한국인이 마, 여기 있네! 자, 서류 정리도 다 했고, 인쟈 승아 니 꺼다."
 승아는 대수가 내민 차 키를 받아 들곤 벅찬 눈을 해 보였다.
 함께 마을로 들어가자는 승아의 말에 대수는 왜인지 극구 사양을 하고 사라졌다. 금세 멀어져 가는 대수의 뒷모습을 아쉬운 눈으로 바라보던 승아는 다시금 벅찬 눈으로 티코를 쓸어보다 이내 기분 좋은 웃음을 걸치고 차에 올라탔다. 가벼운 긴장과 함께 액셀을 밟았다.
 그런데 좀처럼 발이 말을 듣지 않는지, 차가 말을 듣지 않는지 티코가 끼익- 끼익- 가다 서기를 반복하다 이내 시동이 꺼지고 말았다. 고작 버스정류장 하나도 지나지 못한 거리였다.

"…승아야?"

반가운 목소리가 들렸다. 어리둥절한 눈으로 서 있는 현택이었다.

"현택 오빠? 잘됐다. 같이 들어갈래?"

승아는 조금 머쓱하게 조수석으로 자리를 옮겼다.

"괜찮다. 처음에나 핸들 잡는 거 어렵지. 사고도 내 보고 차에 기스도 많이 생기고. 그러다 보면 다~ 는다. 나도 처음에 아부지 차 끌고 다니면서 사고 얼마나 냈는데. 우리 아부지 앞 범퍼는 내가 수시로 갈았었다 아이가."

"오빠는 여전하네. 물 같은 오빠랑 불같은 윤정이랑 잘 만났네."

"윤정이가 불같으니까 내가 맨날 따뜻~하다 아이가."

-개 삽니다, 개. 개 삽니다, 개. 개 삽니다, 개.

현택의 말에 옅은 미소를 짓고 있던 승아가 뜬금없이 들려오는 스피커 소리에 주변을 돌아보았으나, 개장수의 차량은 보이지 않았다.

"아직도 개장수가 돌아다녀?"

"한 번씩 지나다닌다."

"아무 개나 막 데려가는 거 아니지?"

"에이. 주인이 없으면 모를까, 주인 있는 개는 안 건들지. 예삐 같은 개 잘못 건드려 봐라. 우석이가 다 뒤집어엎고도 남지. 가가 지는 귀찮아서 굶어도 예삐 굶을까 봐 개 밥 주고 다시 일하러 나오는 놈인데. 예삐가 우석이 부적이잖아."

"왜 부적인데?"

"우석이 어무이 돌아가시기 전에 쓰러지신 적 있거든. 그때 예삐가 우째 알고 하도 짖어 대서 발견하고 응급실 가셨다 아이가. 우석이한테 부적 맞지. 예삐가 어무이 살렸는데."

승아는 가만히 고개만 끄덕였다. 그래서 부적처럼 여기는구나. 그리 귀한 강아지를 승아에게 내어 준 게 어떤 의미인지 생각할 겨를도 없이 두 사람이 탄 차는 승아네 집 앞에 섰다.

"집 앞에 내려 준다니까…."

"내 내려 주고 니 집에 내일 도착하려고? 읍내서 버스 타고 들어오는 거 보다 편하게 왔다. 간데이. 필요한 거 있으면 말하고."

승아가 미안한 얼굴로 말했으나, 현택은 뒷좌석에서 제 봉지를 들고 곧장 제집으로 향했다. 괜스레 머쓱해진 승아가 집으로 들어가려는데, 뭔가 허전한 기분이 들었다.

"얘가 오늘 왜 이렇게 조용해?"

예삐가 너무 조용한 탓이었다. 예삐의 집을 돌아보았으나 보이질 않았다. 혹시 집에 들어가 자고 있나 싶어 가까이 다가갔다.

"야, 너 오늘 웬일로 나 보고 안 짖어?"

그런데 있어야 할 예삐가 보이질 않았다. 집 옆에 박혀 있는 목줄을 당겨 보았으나, 목줄 끝에 있어야 할 예삐는 온데간데없이 사라져 있었다.

"뭐야…? 얘 어디 갔어? 예삐! 예삐야!"

승아는 한참을 집을 둘러보았다. 그러나 어디에서도 예삐를 찾을 수 없었다. 집 밖으로 나가 주변을 달리며 큰 소리로 예삐를 불러 보았다. 집으로 향하던 현택이 그 소리를 듣고 승아에게 다가갔다.

"승아야, 먼 일이고."

"오빠…! 예삐가 없어."

"어?"

승아와 현택은 큰 소리로 예삐를 부르며 온 동네를 뛰어다니기 시작했다. 마을회관 오두막에 앉아 포커를 치던 대수와 아저씨들이 소란에 놀라 그들을 바라보았다.

"아부지! 우석이네 개 못 봤습니꺼?"

"우석이네 개? 못 봤는데? 와? 풀렸나?"

"목줄이 풀려 있드라는데요?"

"어디 신나게 뛰어댕기고 있는 거 아이가."

"근데 목줄이 끊어진 게 아이고 풀려 있어가지고."

그냥 줄이 풀려 놀러 나간 거라 생각해 대수롭지 않은 반응을 보이던 대수가 뭔가 갑자기 떠오른 듯했다.

"아? 아까 트럭에 실려 있던 게 우석이네 개는 아니겠제?"

주변을 둘러보던 승아도 다가와 숨을 고르며 물었다.

"트럭요? 무슨 트럭이요?"

"개장수 트럭…. 어? 저거… 저 트럭인데?"

트럭을 확인한 승아는 곧장 집으로 달려갔다. 등 뒤에서 현택의 목소리가 들려왔으나 무시하고 달렸다.

차에 급히 올라타 시동부터 걸었는데 겁이 나 머릿속이 하얘져 아무것도 생각나질 않았다. 차분히 숨을 고르곤 우석이 준 운전 노하우를 줄줄 읊으며 하나씩 차근차근해 나갔다.

"클러치에 발 올리고 핸들에 손 올린 후 편안한 자세에서 좌석을 조정한다. 안전벨트를 단단히 맨다. 클러치를 있는 힘껏 끝까지 밟고 동시에 브레이크도 밟아서 시동을 건다. 까먹지 않고 사이드 브레이크를 끝까지 내려준다. 출발. 출발… 출발."

덜덜 떨리는 손에 애써 힘을 주어 천천히 차를 움직였다. 좁은 시골 동네를 지나다니기엔 승아의 운전 실력이 턱없이 서툴렀다. 게다가 개장수 차를 찾기 위해 두리번거리느라 더 정신이 없었다. 잔뜩 긴장 한 채 시골길 담벼락과 닿을락 말락 하며 코너 돌아서는 승아는 막다른 길에 다다르는 바람에 패닉에 빠졌다. 후진 기어를 넣고 뒤로 갔다가 벽에 부딪힐 것 같아 앞으로 가길 반복한 지 벌써 몇 분째인지 모르겠다.

"아, 어떡해. 미치겠네…."

사이드미러를 열심히 살펴도 나아질 기미가 보이질 않아 차에서 내려 이곳저곳을 살피며 후진 각도를 가늠해 보았다. 그러던 와중, 반대편 골목에서 큰 도로로 나가는 트럭을 발견했다. 설마가 진짜가 되었다. 개장수의 트럭 뒤에 예삐가 묶여 있었다.

마음이 급한 승아는 얼른 차에 올라타 심호흡을 크게 하곤 결심한 듯 후진 기어를 넣었다. 그리고 액셀을 세게 밟는 동시에 차 사이드가 벽에 닿으며 차 문이 긁히는 소리가 났다. 차를 갖게 된 지 얼마 되지도 않았는데 기스라니, 마음이 아팠지만 후진에 성공해 막다른 골목에서 빠져나왔단 사실이 더 중요했다. 승아는 다시 한 번 마음을 다잡았다.

조금 멀리 떨어진 채로 트럭을 쫓았으나 속도를 높일 순 없었다. 빵- 빵- 클랙슨을 연신 울렸으나 트럭은 멈출 생각이 없어 보였다. 기어를 3단에 놓고 열심히 달리고 있던 승아는 도저히 좁

혀지지 않는 거리에 초조해지기 시작했다. 양쪽 사이드 미러로 주변에 차가 있는지 확인한 뒤 기어를 5단에 놓고 액셀을 힘껏 밟았다! 인생 첫 추월을 해 낸 것이다.

끼익-!

트럭 추월에 성공했단 뿌듯함을 느끼기도 잠시, 트럭 앞에서 급히 브레이크를 밟았다. 트럭 또한 곧장 브레이크를 밟았다. 티코와 트럭은 거의 한 뼘 간격을 두고 멈추었다. 개장수는 얼마나 놀랐는지 운전석에서 멍한 얼굴로 연신 숨만 고르고 있었다. 그러다 이내 정신이 들었는지 차 문을 벌컥 열더니 신경질적으로 쾅! 닫으며 승아에게 다가갔다.

"야! 니 죽고 싶어서 환장했나! 미쳤나, 이게! 나온나!!"

툭툭-

성큼성큼 걸어가 운전석 창문을 두드렸으나 차 안에는 아무도 없었다.

개장수가 주변을 둘러보자 트럭 뒤쪽에서 예삐의 목줄을 풀고 있는 승아가 보였다. 저를 찾아온 승아가 반가웠는지 예삐가 왕! 우렁차게 짖어 댔다. 승아는 예삐의 목줄을 풀면서도 제발 짖지 말라며 소곤거렸다. 얼마나 꽉 묶었는지 잘 풀리질 않았다. 그 과정에서 손바닥과 손가락에 작은 생채기가 생겼으나 어쨌건 예삐를 구출하는 데는 성공했다.

"아가씨, 뭐 하는데?"

그때, 개장수가 험악한 얼굴로 승아에게 다가왔다. 승아는 예삐를 등 뒤에 숨긴 채 개장수에게 소리쳤다.

"…왜 남의 개를 허락도 없이 데리고 가고 그래요!"

"뭐가 남의 갠데! 그 동네 폐가에 버려져 있던 개구만!"

"하! 폐가?! 거기 사람 사는 집이거든요? 내가 그 집에 돈을 얼마나 들였는데! 그리고 버리긴 누가 버려요! 멀쩡하게 집 지키고 있던 앤데!"

"뭐… 아가씨 개라?"

"보면 몰라요? 아저씨, 내가 신고할 거예요. 절도죄로!"

"똥개 한 마리 가지고 내가 별 소릴 다 듣네!"

"똥개라니요? 이 털에 윤기 나는 거 안 보여요? 좋은 거만 먹고 좋은 거만 보고 얼마나 곱게 자랐는데! 남의 귀한 개한테 똥개라뇨!!"

"아, 됐다! 마! 데리고 가소! 그딴 개 줘도 안 한다!"

개장수는 되레 본인이 회를 내며 휙, 소리가 날 정도로 거세게 몸을 돌렸다.

"그냥 가시면 어떡해요! 사과하셔야죠! 경찰 불러요?"

사과하란 말에 개장수가 휙, 승아를 돌아보며 성큼성큼 다가왔다. 그 기세가 너무 위협적이라 바락바락 소리치던 승아도 겁먹을 수밖에 없었다.

"사과?! 뭐를 사과하는데? 내가 왜!"

"아저씨가 우리 개 훔쳐 갔잖아요!"

"퉤, 개 찾았으면 됐지. 쌍년이 더럽게 말 많네. 내 니 때문에 오늘 공친 거 안 보이나?"

"뭐… 뭐요?"

욕지거리에 당황한 승아가 주춤, 뒷걸음질 치자 개장수의 표정이 바뀌었다.

"됐고, 차 수리비나 내놔라."

"네? 부딪히지도 않았는데 무슨 수리비를…."

쾅쾅!

"범퍼 긁힌 거 보이나, 안 보이나! 아가씨 차랑 박아서 긁힌 거잖아!"

"…증거 있어요?"

"블랙박스 없는데? 아가씨 차에도 없잖아? 내 차가! 내가! 증거 아이가! 어쩔 건데!! 내 차 어쩔 거냐고!"

"이 아저씨가 진짜…."

"어쩔 거냐고! 또 바락바락 주껴라, 왜! 이 년을 확!"

개장수는 본인의 트럭을 연신 쾅쾅 두드리며 점점 언성을 높여 갔다. 그러더니 손찌검이라도 할 것처럼 손을 들어 올리기까지 했다. 승아가 한 발짝 물러선 순간, 빼앵-! 하는 클랙슨 소리가 울리고, 큰 기계 소리가 들려왔다. 땅이 울리는 것 같기도 했다. 놀라서 고개를 돌려 보니 눈에서 레이저라도 쏘아낼 것처럼 화가 난 우석이 트랙터를 몰고 오고 있었다.

"어어! 멈춰! 멈추라니까!"

트랙터는 트럭을 밀어 버릴 것처럼 가까워져 왔다. 놀란 개장수가 양손을 저으며 소리쳤지만, 우석은 개장수의 말은 가뿐히 무시하고 그대로 트럭을 박아 버렸다. 결국 트랙터에 밀린 트럭은 강둑으로 떨어지고 말았다. 놀란 승아는 얼른 예삐를 끌어안았고, 개장수는 제 트럭이 강둑으로 떨어졌단 사실을 믿지 못해 입을 떡하니 벌리고 있었다.

"돈 얘기 이제 내랑 함 해 봅시더."

트랙터에서 내린 우석은 더없이 싸늘한 얼굴을 하고 있었다.

승아가 예삐를 찾으러 차를 타고 나갔다는 말에 우석은 온 동네를 샅샅이 뒤졌다. 이제 막 면허를 딴 승아가 행여나 사고라도 날까 싶은 불안함에 잔뜩 흥분한 상태였다. 눈에 뵈는 것 없이 운전을 하던 우석은 동네 변두리에서 개장수와 맞서고 있는 승아를 발견하고 심장이 철렁했다.

그리고 이내 머리끝까지 올랐던 열이 차갑게 식었다. 승아의 손이 온통 자잘한 상처투성이였다. 승아의 상처에 겨우 붙잡고 있던 이성의 끈이 끊어져 버렸다. 뒷일 따위 생각하지 않고 개장수의 트럭을 들이받아 버렸다. 개장수를 들이받고 싶은 걸 간신히 참은 것이었다.

* * *

현택과 윤정은 승아네 집 마당을 돌아다니고 있었다. 해가 저물어 가는데도 나타나지 않는 승아와 우석 때문이었다. 안절부절못하며 마당을 서성이는데, 엉망이 된 승아의 차가 마당으로 들어왔다. 현택과 윤정은 어리둥절한 얼굴로 조수석에서 내리는 승아에게 다가갔다.

"차가 와 이라노…?"
"승아야, 뭔 일 있었나?"
"…예삐는?"

아무 말 없이 차에서 내린 우석이 뒷좌석에서 예삐를 내려 주었다. 승아가 우석과 예삐를 번갈아 보며 눈치를 살폈다. 현택이 둘 사이의 분위기가 심상치 않은 걸 눈치챘다. 이미 개장수의 만행에 분노해 흥분한 윤정은 분위기를 살필 겨를이 없었다.

"웃기는 아저씨네! 왜 남의 집 개를 데리고 가고 난리인데!"

윤정의 말에도 묵묵부답인 두 사람의 반응에 현택은 재빨리 상황을 수습하고 윤정을 끌었다.

"왔음 됐지, 뭐. 우리는 일이 있어가 먼저 가 볼게!"

"왜! 일은 무슨 일! 아! 놔 보라고!"

현택은 눈치 없는 윤정을 끌고 사라졌고 우석은 여전히 굳은 얼굴로 아무 말도 없이 예삐를 자리에 묶었다.

"…내가 뭐 잘못했어? 아까부터 왜 아무 말도 안 해? …무섭게."

승아의 시무룩한 말에도 대답 없이 제 할 일만 했다.

"하도 애지중지 키운 거라고 난리 쳐서 데리러 간 건데 뭐가 마음에 안 드는데?"

"……."

"좋은 거만 먹이고 귀하게 키웠다며, 소중한 거라며. 아줌마 살려 준 너 부적이라며."

우석이 행동을 멈추더니 승아를 향해 돌아섰다. 무표정한 얼굴을 마주하자 절로 어깨가 튀었다. 우석의 시선이 닿은 곳이 제 손인 걸 깨닫고 주먹을 쥐어 상처를 숨겼다.

"…데려와 줬으면 고맙다 정도는 얘기할 수 있잖아."

"니는 내랑 관련된 거는 싹 기억 안 나나. 기억도 안 날 만큼 아무 일도 아니가, 니한테는."

"뭐… 뭐가."

"우리 엄마를 예삐가 살렸나. 니 아이고?"

우석은 모든 걸 잊은 듯 행동하는 승아에게 참았던 서러움이 터졌다. 도통 이해되지 않은 이별도, 그 후로 더 이해되지 않는 승아도 우석은 어제 일처럼 기억하는데 말이다.

"엄마가 쓰러지다니. 무슨 소린데?"
"쇼크 왔단다. 그래도 일찍 발견돼서 괜찮으시대. 넘어지실 때 타박상 조금 생긴 거 빼고."

응급실 앞에서 우석을 기다리던 현택이 헐레벌떡 뛰어오는 우석에게 상황을 설명해 주었다. 우석은 그제야 안도할 수 있었다.

"누가 발견했다노?"
"그거는 모르겠다. 안 그래도 아부지가 너희 집 예삐 계속 짖는다고, 한 번 가 보라고 하더라고. 예삐가 하도 짖어 대서 어무이 발견된 거 아니겠나."

그때 우석의 눈에 응급실에서 멀어지고 있는 익숙한 뒷모습이 보였다. 한쪽엔 운동화를, 한쪽엔 우석의 슬리퍼를 신은… 승아였다.

"니가 헤어지자고 했잖아. 그날 우리 집에 왜 왔는데? 집까지 와 놓고 왜 그냥 갔는데? 니 도대체 내랑 왜 헤어졌는데? 아무리 생각해 봐도 모르겠다, 나는."

"……."

"나는 돌대가리라서 복잡한 거 그딴 건 모르겠고. 주승아, 내 아직 못 헤어졌다, 니랑."

"……!"

"나는 아직 니 손가락에 난 상처만 봐도 심장이 철렁한다고."

우석은 흔들림 없이 곧은 눈으로 승아를 바라보았다. 그 눈빛을 마주한 승아의 마음은 속절없이 흔들리기 시작했다.

흰 눈이 흐드러지게 내리는 초겨울의 애화리는 사과 축제가 한창이었다. 음악 소리와 축제장의 소리가 섞여 소란스러운 대로변엔 두툼한 외투를 입은 사람들로 붐비고 있었다. 스물한 살의 승아는 펑펑 내리는 눈을 구경하다 우석의 집 담벼락에 붙어 현관을 얼쩡거렸다. 용기를 낼 듯, 말 듯, 손가락을 꼼지락거리던 승아는 무언가 결심한 듯 결연한 얼굴로 큼큼, 목을 가다듬었다.

"이… 이우석, 집에 있어? 이우석?"

나오라는 이우석은 나오지 않고 강아지가 반갑다는 듯 꼬리를 살랑살랑 흔들며 모습을 드러냈다.

"예삐…? 치, 많이 컸나, 너? 니네 주인은 어디 갔냐?"

한숨을 푸욱 내쉬며 다시금 용기를 내 통화버튼을 누르려던 순간, 집 안에서 무언가 깨지는 듯한 날카로운 소리가 울렸다. 급히 마당을 넘어 집 안을 살피는데, 거실 커튼 사이에서 누군가 쓰러져 있는 것이 보였다.

"아줌마…?"

주춤주춤 다가가 쓰러진 이를 살피는데, 우석의 엄마였다. 승아는 곧장 집으로 뛰어 들어갔다.

"아줌마!!"

우석의 엄마는 거실 한복판에 쓰러져 있었는데, 넘어지면서 어딘가에 부딪혔는지 이마가 찢어져 피가 흐르고 있었다. 그 양이 제법 많아 놀란 승아가 얼른 다가가 조심스럽게 흔들어 보았지만, 눈을 뜰 기미가 보이질 않았다. 당황한 승아는 잠시 우왕좌왕했으나, 곧장 정신을 차리고 119를 눌렀다.

"여기, 애화리 34번지인데요! 사람이 쓰러져서 의식이 없어요!"

-예? 애화리요? 그 동네, 지금 사과 축제 중이라서 들어가는 데 시간이 조금 걸릴 낀데요. 호흡은 하십니꺼?

"어… 네. 근데 머리에서 피가 많이 나요!"

-혹시 남자분 계십니꺼. 도로까지 나올 수 있습니꺼? 최대한 빨리 출동하겠습니더!

"제… 제가! 큰길까지 모시고 갈게요!"

승아는 어찌어찌 우석의 엄마를 업고 조심스럽게 걸음을 옮겼다. 마음이 급하여 발에 걸리는 대로 신발을 신었는데, 한쪽 발엔 슬리퍼, 한쪽 발엔 운동화 바람이었다. 소란스러운 소리에 놀란 예삐가 멀어져 가는 승아를 향해 짖기 시작했다.

무사히 응급실에 도착해 입원시킨 승아는 그제야 한숨 돌릴 수 있었다. 화장실에서 땀을 닦고 나오는데, 발목이 아팠다. 바지를 슬쩍 들어 올리자 발목이 꽤 부풀어 있었다.

그때, 뒤늦게 도착한 우석이 응급실 안으로 뛰어 들어가는 게 보였다. 오랜만에 본 우석에, 승아는 심장이 철렁 내려앉는 것만 같았다. 화장실 앞에 멈춰선 채로 고민하던 승아는 이내 머뭇머뭇 응급실 입구로 걸음을 옮겼다.

우석은 잠든 엄마의 모습을 살피고 있었다. 말을 걸어볼 생각으로 조심스럽게 다가가는데, 응급실의 다른 입구에서 '아이고, 나 죽네! 나 죽어!' 하는 여자의 목소리가 들렸다. 고개를 돌리니 머리에 피를 흘리며 만신창이가 된 연미가 구급대원의 부축을 받으며 응급실로 들어 오고 있었다.

"…엄마?"

놀란 승아가 멈칫, 걸음을 멈추고 그 상황을 바라보는데, 우석 또한 연미를 발견하고 얼른 달려갔다.

"어무이! 괜찮으십니꺼?"

"아이고! 사람 살려! 나 죽네! 나 죽어!"

구급대원은 난감한 얼굴로 연미를 부축하고 있었다. 그 뒤로 다친 손목을 부여잡은 채 화가 잔뜩 난 여자가 응급실로 들어왔다. 그 여자는 연미를 보자마자 눈을 번뜩이며 달려들었고, 구급대원과 우석이 당황하여 연미를 보호하며 여자를 뜯어말리기 시작했다.

"진정 좀 하시라니까요!"

"저 여편네가 먼저 시작했다니까! 야! 내가 이 두 눈으로 똑똑히 봤는데! 니가 내 남편한테 꼬리 살살 쳤잖아!"

구급대원이 큰 소리로 말려 보았으나, 여자는 삿대질까지 하며 외쳐댔다. 연미도 지지 않고 몸을 바로 세우며 소리쳤다.

"내가 언제! 니 남편이 내 앞에서 알랑거렸지! 지 남편 간수 똑바로 못하고 왜 애먼 사람 잡는데!"

"하! 애먼 사람? 니가 우리 남편 허벅지 주물럭거렸잖아! 사람을 봐 가면서 껄떡대야지. 가정 있는 남자를 왜 건드는데!"

"지랄하네. 주물럭? 그깟 것도 남편이라고. 아이고~ 니 남편 같은 거 한 트럭을 갖다줘도 쳐다도 안 본다! 어디 주연미 급 떨어지게!"

분노가 폭발한 여자가 팔을 뻗어 연미의 머리채를 휘어잡았다. 연미도 질세라, 여자의 머리채를 잡았다. 구급대원과 우석은 두 여자를 말리느라 정신이 없었고, 멀리서 그 모습을 본 승아는 밀려오는 수치심에 주먹을 꽉 쥐고 뒷걸음질 쳤다. 저런 창피한 모습을 한 엄마를 두고 우석 앞에 설 수 없었다. 머리 끝까지 차오른 수치심을 고스란히 내비치고 싶지 않았다. 더 이상 우석에게 만큼은.

***

"십 년도 더 지났는데 왜 아직 못 헤어졌어?"

"…뭐?"

"너 설마 나랑 헤어지고 연애 한 번도 안 해 본 거 아니지?"

승아는 마음을 털어놓는 것 대신 숨기는 걸 택했다. 해묵은 일들을 다시 들춰내는 걸 자존심이 허락하지 않았다. 아무것도 모르는 양 우석을 밀어냈다.

"…뭐?"

"에이, 설마. 나이가 몇 갠데. 인생에 여자가 나 하나인 건 아니잖아?"

"…주승아."

"너가 오해할까 봐 말하는데, 나 연애할 마음 없어. 굳이 또… 너랑."

우석은 섭섭함과 충격에 말문이 막혀 멍하니 승아만 바라보았다. 그때, '야! 주승아!' 목소리가 들리더니, 타탁, 바쁜 발소리가 들려왔다. 소리가 난 곳으로 고개를 돌리니 윤정과 그 뒤를 바삐 쫓아오는 현택이 보였다.

"우리 오빠야가 어때서! 어? 우리 오빠야가 어디가 어때서!"

"윤정아, 좀!"

"우리 오빠야 얼굴 반반하지! 허우대 멀쩡하지! 사지육신 튼튼하지! 차 있지! 집 있지! 땅 부자고 알부잔데! 그때 그 이우석이가 아닌데! 어? 니는 뭐가 그렇게 잘 났다고! 왜! 왜!! 왜 또 우리 오빠야는 아닌데!"

윤정은 자신을 말리는 현택을 뿌리치곤 씩씩대며 그리 외쳤다. 현택도 승아에게 섭섭한 건 매한가지여서 더 이상 말리지 않고 슬쩍 눈치만 보았다.

"…솔직히 얼굴이 반반한 건 아니지."

"뭐?"

"서울 가면 널렸어, 너희 오빠 같은 남자."

"야! 주승아!!"

윤정이 승아에게 달려들려 하자, 현택이 이를 악물고 윤정을 끌어안았다. 그들 사이에 덩그러니 서 있는 우석만이 상처받은 얼굴을 하고 있었다.

현택이 눈치껏 우석과 윤정을 집으로 끌고 돌아왔다. 우석이 심란한 얼굴로 소파에 앉았다. 그 모습이 답답한지 윤정은 연신 찬물을 들이켰고, 현택은 얼른 빈 잔을 채워 주었다.

"왜 또 혼자 삽질인데! 저 가시나는 마음도 없는데 니 혼자! 왜 또 니 혼자 삽질이냐고!"

"사람 마음이 마음대로 되나…."

"남자 새끼가 모 아니면 도지! 고 아니면 스톱이지! 꼬실라면 확 꼬시든가 말라면 말든가! 어중이떠중이같이! 모양 빠지게! 자존심 상하게!"

"……."

"하이고, 뭐 대단한 사랑이었다고! 그래, 니 삽질 한번 잘했다! 이왕 삽질한 거, 거기다 니 관짝 묻으면 되겠네. 동네 창피스러우니까 니가 거기 기어들어 가면 되겠네!"

가슴이 부글부글 끓는 듯 우석이 주먹을 꽉 쥐자, 현택이 말리고 나섰다.

"니, 자꾸 오빠야 아픈 데 쿡쿡 찌를래!"

상처받은 얼굴로 가만히 화를 삭이고 있던 우석이 뭔가 결심한 듯 벌떡 일어났다.

"내! 이제 삽질 같은 거 안 할 거다! 이 이우석이가 자존심이 있지! 나도 그딴 거 안 한다, 이제!"

우석은 그리 소리치곤 자리에서 벌떡 일어나 쿵쾅거리며 집을 나섰다. 그러곤 곧장 승아의 집에 도착했다.

"주승아!!"

모든 일이 끝난 줄 알고 뒷정리를 하던 승아가 우석의 목소리를 듣자 다시 가슴이 철렁 내려앉았다. 문밖을 내다보자 우석이 씩씩거리며 걸어오고 있었다. 이 밤에 또 찾아올 줄을 몰랐던 터라 승아도 당황하고 말았다.

"왜… 또… 뭐?"

"인생에 여자가 니 하나냐고?"

"……."

"그래! 니 하나다! 딱 니 하나다! 그게 뭐 어때서!!"

예상하지 못한 말이 우석의 입에서 흘러나왔다. 잔뜩 상처를 줬음에도 우석은 그답게 그다운 말을 내뱉었다. 강산이 변했어도 이우석은 안 변하지. 모두가 그리 말했다.

"나도 내 하고 싶은 대로 다 할 거다! 내가 니! 냅다 좋아할 거다! 촤! 내 이우석이거든? 니 조만간 내한테 홀딱 빠져서 허우적거릴걸? 그때 가서 후회나 하지 마라!"

우석은 당당하게 큰소리치곤 성큼성큼 집을 떠나갔다. 어안이 벙벙해 멍하니 닫힌 대문을 바라보던 승아는 가슴에 손을 댔다. 심장이 쿵쿵 뛰고 있었다. 바라지 않는 일이었다. 아니, 어쩌면 당연히 그렇게 될 일이었다.

다음 날 새벽, 우석은 승아 집 앞에 차를 세우고 핸들에 머리를 박고 있었다. 고개를 들자 눈 밑이 퀭했다.
"하, 낯짝을 들 수가 없네. 그냥 관짝을 묻었어야 했는데. 우석아, 니 포크레인이냐고."
우석은 승아의 집을 멍하니 바라보며 어떻게 할지 고민하다가 에라 모르겠다 싶어 빵! 클랙슨을 눌렀다. 큼큼, 목을 가다듬곤 애써 아무렇지 않은 척 소리쳤다.
"가시나! 아직 자나! 고마 일하러 가자!"
그런데 집 안은 고요했다. 빵빵, 몇 번 더 눌러 보았으나, 인기척조차 느껴지지 않았다. 결국 우석은 차에서 내려 승아의 집으로 다가갔다.
"주승아! 빠릿빠릿하게 준비 안 하나!"

집 가까이 다가가 소리쳤음에도 돌아오는 대답이 없자, 문을 똑똑 두드리며 현관을 들여다보았다. 그런데 승아의 신발이 없었다.
"야가… 어데 갔노?"
마당 한구석엔 망가진 티코가 주차되어 있었다.

결국 우석은 승아는 놔두고 사과밭으로 향했다. 한쪽에 트럭을 세워두고 차에서 내리는데, 팔 토시를 끼며 일할 준비를 하는 승아가 보였다.
"니 왜 이렇게 빨리 왔는데?"
"어… 그냥, 눈이 떠졌어."
"…걸어왔나?"
"어."
"같이 오지, 왜…. 근데 승아야, 니 차 수리는….."
데면데면한 분위기를 풀어보려 애써 말을 걸어 보았으나, 승아는 우석의 말이 끝나지도 않았는데 저 멀리 떨어져 적과를 시작했다. 냅다 고백을 날렸기 때문에 예상 못 한 일은 아니었지만 승아의 반응이 우석은 내심 서운했다.

한편 윤정은 태권도장 상담실에 놓인 화이트보드 앞에 서서 심각한 얼굴을 하고 있었다. 현택은 그 뒤에서 테이블에 도시락을 푸느라 여념이 없었고, 수영이 익숙하게 상담실로 들어와 현택 옆에 앉았다.
"윤정이 왜 저래 심각한데?"

"체육대회 종목 나왔단다."

일 년에 한 번 열리는 면민체육대회는 체육인 윤정이 매년 사활을 거는 행사였다.

"근데 왜?"

"참가 인원이 모자라다네?"

"올해는 승아 있잖아. 전입신고도 했는데, 승아 끼워 넣으면 되지."

승아가 언급되자, 현택이 곧장 윤정의 눈치를 보았다. 아니나 다를까, 윤정에게서 서늘한 대답이 나왔다.

"주승아 같은 거 없이도 돌아간다. 우리 동네에 에이스들이 있는데. 이인삼각만 구하면 된다."

아무것도 모르는 수영은 칠판을 쳐다보다 다가와 보드 지우개를 들고 남자계주에 적힌 이름을 지웠다.

"삼촌은 그날 결혼식 가야 돼서 안 된다 했고."

"…어?"

윤정이 당황하여 되묻자, 이번엔 여자계주에 적힌 이름이 지워졌다.

"언니는 좀 전에 적과하다가 사다리에서 떨어져서 다리 부러져서 안 된다. 내가 방금 병원 데려다주고 왔는데."

"뭐?"

"승아 끼워 넣어야 된다니까."

"…싫다! 주승아는 절대 싫다!!"

* * *

우석은 오두막에 자장면을 세팅 중이었다.

"어무이들! 얼른 오소! 먹고 하시더!"

우석의 외침에 일을 하던 아주머니가 하나둘 오두막에 모였다. 다들 탕수육도 시켰냐며 젓가락을 드는데, 승아가 보이질 않았다.

"어무이, 승아는요?"

"집에 가서 먹는다고 좀 전에 가든데?"

"예?"

"아, 그리고 오후에 급한 일 있다고 반차인가 뭔가 쓴다던데? 반나절인데 없어도 되잖아?"

"예… 되지요."

점심도 같이 안 먹고, 오후에도 일을 빠진다고 하니 우석은 섭섭하고 찝찝한 마음이 되었다.

* * *

승아는 〈전국에서 제일 싼 집, 황금 카센터〉 간판을 달고 있는 카센터를 찾아온 참이었다. 카센터 사장은 견적을 낸 종이를 들고 승아의 차로 다가왔다.

"손댈 데가 많네요."

"많이 심해요?"

"앞뒤 문은 도색 처리한다 치더라도 앞 범퍼는 갈아야 되고요. 와보소. 타이어 솟아 있는 거 보이지예. 이게 안에서 터진 거거든요. 타이어는 한 번 갈 때 양쪽 같이 갈아야 되니더. 근데 문제는

야는 단종된 거라서 부품 구하는 게 억수로 까다롭거든요."

"예?"

"근데 뭐 안 된다는 건 아니고. 공임비가 좀 더 들어간다, 이 말이지."

승아는 카센터 사장이 건넨 견적서를 살피더니 이내 화들짝 놀랐다.

"칠십만 원이요?"

"자차보험 들어져 있지요?"

"…예? 예."

"보험처리 하든가, 자부담하시든가. 그건 알아서 하세요. 아니면 그냥 폐차시키고 새로 사시든가."

"폐차요?"

"이 차가 중고로 사려면 팔십만 원쯤 하거든요. 근데 중고차 새로 산다고 해서 손 볼 곳이 없는 건 아닐 거 같고요."

"흠, 확실한 거죠?"

"정 못 미덥겠으면 딴 데 가서 고치든가요. 시내까지 차로 한 시간 반 밖에 안 걸리니더. 가다가 타이어 터지면 내는 모르는 일이고."

"휴…. 디스카운트 안 돼요?"

카센터 사장의 얼굴은 단호했다.

결국 승아는 디스카운트도 못 한 채 카센터에 차를 맡기고 카페로 향했다.

"내가 니! 냅다 좋아할 거다!"

갑자기 불현듯 떠오른 우석의 말에 두근. 불시에 가슴이 뛰었다. 얼굴이 화끈 달아오르던 찰나 신호가 바뀌고 횡단보도를 건너던 승아의 귀에 시끄러운 소리가 들렸다.

"니가 도로 전세 냈냐고!"

삼거리 도로 위에 노란 봉고와 트럭이 정차해 있었다. 트럭엔 개장수가 타 있었고, 윤정은 그 옆에 서서 크게 소리치고 있었다. 때마침 신호가 바뀌고, 승아는 횡단보도를 건너 그들에게 가까이 다가갔다.

"도로교통법 바뀌어서 횡단보도 초록 불일 때 우회전 못 한다고요. 왜 자꾸 빵빵거리시냐고요."

"도로교통법 같은 소리 하네. 어디서 눈알을 부라리노! 가시나가 오냐오냐하니까! 야! 확 씨!"

개장수가 버럭 화를 내며 차 문을 홱 열려 하자, 화들짝 놀란 승아가 얼른 팔을 뻗어 문을 홱 밀어 닫았다.

"아주 사람 치려고 하는 게 습관이시네! 불필요한 경적 울리면 범칙금 4만 원인 거 모르세요? 여기 어린이 보호구역이라 8만 원인데!"

"아이고. 지랄도 지랄도. 윗물이 맑아야 아랫물이 맑지. 우석이 같은 게 그 동네 이장으로 있으니까 그 아랫것들도 싹 다 이 모양이네. 버르장머리 없이."

"지금 우리 오빠야가 왜 나와요?"

"별수 있나. 가정교육을 똑바로 못 받았으니 그렇지. 이래서 부모 없는 것들은 티가 나요. 퉤!"

"아저씨!!"

한 명은 편부모, 또 한 명은 조실부모인 승아와 윤정은 멀어지는 개장수 트럭의 뒤에 대고 씩씩대며 소리쳤다. 마침 순찰을 돌던 수영이 두 사람을 발견하고 다가왔다.

"니네 둘이 여기서 뭐 하노? 아, 승아, 니 잘 만났다. 체육대회 나가자, 니도."

"관심 없어."

윤정은 개장수의 트럭이 사라진 방향을 노려보며 승아에게 말했다.

"야. 주승아. 니 체육대회 나온나. 내가 꼭 백목리 이장 꺾어야 되겠거든."

"관심 없다고."

"저 아저씨가 백목리 이장이래도 관심 없나."

그 말에, 승아도 윤정과 나란히 서서 개장수의 트럭을 노려보았다. 두 사람의 눈빛은 어느덧 이글이글 불타오르고 있었다.

"나 뭐 하면 돼?"

공동의 적으로 인해 일시동맹을 맺은 윤정과 승아였다.

그 길로 윤정과 승아는 운동장 육상트랙으로 향했다. 마치 코치와 선수 같은 느낌이었다. 윤정이 조금 어색한 표정으로 선수 명단을 보여 주었다.

"지금 비어 있는 자리가 남녀 계주 한 명씩, 이인삼각이거든? 니 계주 뛸 수 있나."

"할 수 있지."

"백 미터 몇 초?"

"백 미터? …이십 초였나?"

"뭐? 이십 초? 에이, 설마, 니 저기까지 뛰어와 봐라. 내가 신호 보내면."

"응!"

윤정과 승아는 100미터 떨어진 곳에 섰다. 윤정이 핸드폰으로 초시계를 켠 뒤 승아를 바라보고, 승아는 비장한 얼굴로 달릴 준비 자세를 잡았다.

삐익-!

호루라기가 울려 퍼지고, 승아는 전력으로 달리기 시작했다. 열심히 뛰고 있긴 했지만… 어쩐지 경보 수준이었다. 윤정의 얼굴이 점점 굳어 갔다. 마침 결승선을 통과한 승아가 숨을 고르며 기록을 물었다.

"몇 초야? 좀 빨리 들어온 거 같은데?"

"…삼십 초."

"삼십 초? …이상하다, 엄청 빨랐는데…?"

"니! 쓸모도 없는 몸뚱어리 뭐 하러 들고 다니는데! 안 무겁나?! 으이고… 니한테 기대를 건 내가 잘못이지!"

"연습하면 되지!"

"그 다리는 연습해서 될 다리가 아니라고!"

우석은 승아의 티코 옆에 트럭을 주차하곤 음료가 담긴 봉지를 들고 내리다 깨끗하게 고쳐진 티코를 발견하곤 고개를 갸웃했다. 승아는 작게 신음하며 장화를 신고 있었는데, 아무래도 어젯밤에 달리기를 열심히 연습한 탓인 듯했다. 승아를 발견하곤 우석은 현택의 말을 떠올리고 심호흡을 했다.

"내가 유부남이 되고 보니까 여자들은 좋아하는 걸 해 주는 거보다 싫어하는 걸 안 하는 게 중요하더라. 그라믄 평생 가도 욕먹을 일이 없어요. 잘 생각해 봐라. 승아가 뭐 싫어하는지."

"싫어하는 거?"

"주로 니를 보고 이런 눈을 할 때나… 이런 눈을 할 때… 말이야."

현택은 직접 표정까지 지어 가며 설명을 이어 갔다. 경멸하는 표정이나, 질색하는 표정 등 다양했다. 그 얼굴을 보자 생각났다. 승아에게 잔소리를 쏟아낼 때도, 버럭버럭 큰소리를 칠 때도, 답답한 마음에 화를 낼 때도 승아의 얼굴이 현택과 닮아 있었다.

"딱 반대로만 해라. 승아 보면 니 머릿속에 떠오르는 말 하지 말고 딱 반대로만."

평소와 달리 쭈뼛거리며 어색하게 승아에게 다가갔다.

"체육대회 나간다며?"

"…어."

"잘 생각했다. 동네 사람들하고 잘 어울리면 좋지. 먹고 해라."

"…잘 마실게."

어색한 분위기 속에서 우석은 용기 내 음료를 건넸고, 승아도 어색하지만 고맙게 음료를 받았다. 하지만 근육통 때문인지 병뚜껑이 따지질 않았다. 버벅거리고 있자니, 우석이 가져가 뚜껑을 열어 주었다.

"고…마워."

"근데 차 고쳤네? 언제?"

"어제."

"어제? 어디서?"

"읍내 카센터. 근처에 거기밖에 없던데?"

"뭐?! 읍내 카센터?! 황금 카센터?"

"아, 깜짝이야. 어, 거기."

우석은 저도 모르게 큰 소리로 물은 것에 놀라 금세 심호흡하며 감정을 가라앉혔다.

"아, 황금 카센터에서 고쳤구나. 얼마를 줬을까?"

"칠십만 원."

"뭐?! 뭐를 했는데 그만큼 나오는데?!"

"…앞 범퍼 갈고."

"범퍼를 굳이 뜯어 바꾸고?"

"…타이어 갈고, 도색하고."

"하하하. 그래서 칠십만 원이 나왔다고?"

"부품 구하기 힘들다고 공임비가 많이 든다 그랬어. 그래도 워셔액도 서비스로 주고 타이어 공기압도 공짜로 체크해 줬어."

"하, 그랬구나. 워셔액 꼴랑 이천 원밖에 안 하는 거를 서비스씩이나 받았구나. 살다 보면 바가지도 쓰고 그럴 수 있지. 잘했다, 잘했어! 승아 니 같은 사람이 있어야 나라 경제가 돌아간다 아이가. 껄껄껄."

 우석은 화가 났지만 현택의 말을 다시금 상기하며 애써 꾹 눌러 보았다. 그러나 승아는 당황스러울 뿐이었다. 비꼬는 건지, 칭찬하는 건지 알 수 없는 말투였기 때문이었다.

"뭐라고?"

"니가 뭐 그 카센터가 우리 예삐 데려간 이장 아들인 거 알 리가 있었겠나? 이야~ 니 그릇이 태평양이다, 승아야!"

"뭐…? 그 카센터가 개아저씨 아들이 하는 데라고…?"

 믿을 수 없는 승아는 곧장 카센터로 향했다. 마침 카센터 사장은 의자에 퍼질러 앉아서 누군가와 신나게 통화를 하고 있었다.

"호구가 따로 없더라. 멀쩡한 거까지 싹 갈아야 한다니까 그러라고 하던데? 아나운서라 카디만 맹~하디더. 아~ 아부지. 저녁은 내가 살게! 고기 먹으러 가시더. 한우!"

 벌떡 일어나 카센터를 나가는데, 열린 쪽문 틈 사이에서 승아가 눈에서 불을 뿜고 그 모습을 보았다.

 "저 개새끼가….'

 마침 카센터 앞엔 석준의 오토바이가 세워져 있었다. 석준은 억울하다는 듯 발을 동동 구르고 있었고, 카센터 사장은 팔짱 끼고 선 채 석준을 내려다보고 있었다.

 "아, 돈 돌려 달라고요! 몇 킬로 안 탄 거라면서요! 거의 새 거라면서요! 아, 근데 사 가자마자 퍼지는 게 말이 돼요?! 시동도 안 걸린다니까요!"

 "니가 고장 낸 거겠지! 멀쩡한 거였다니까?"

 "아, 구라 치지 마요! 내한테 사기 친 거잖아요!"

 "뭐? 사기? 증거 있나! 사갈 때 니 눈으로 똑똑히 확인하고 갖고 갔잖아! 지가 망가뜨려 놓고 왜 생사람 잡는데!"

 "아, 형!"

 "그렇게 떼쓴다고 해결될 일이 아이다. 그러게, 조심해서 타라니까. 니 사정이 하도 딱하니까 도로 갖고 오면 부품값 몇만 원은 챙겨 줄게."

 카센터 사장은 그렇게 비아냥대곤 사무실로 들어가 버렸다.

 "아, 개빡치네, 진짜!"

 승아는 티코에 탄 채로 화가 난 석준이 발을 구르는 모습을 쳐다봤다. 고등학생이나 서른이 훌쩍 넘은 승아나 같은 처지라는 생각이 들자 숙연해졌다.

 카센터 어귀에서 대기하고 있던 승아는 부들거리며 시동도 켜

지지 않는 오토바이를 끌고 나오는 석준을 불러세웠다.
 "백지장도 맞들면 낫지."
 "이 누나가 누구보고 백지래! 누가 백진데!!"
 최종학력이 초졸이 아닌지 의심스럽기까지 한 고등학생과 함께 호구들의 복수를 계획하기 시작했다.

* * *

 아무도 돌아다니지 않는 한밤중, 불 꺼진 카센터 앞. 승아와 석준은 〈전국에서 제일 싼 집, 황금 카센터〉의 간판을 올려다보고 있었다.
 "복수하자면서요. 그건 왜 들고 왔어요?"
 "너, 어릴 때 색칠 공부 해 봤어?"
 석준이 승아의 발 옆에 놓인 페인트 통을 가리키자, 두리번거리던 승아가 사다리를 발견하곤 환히 웃었다.

 사다리에서 내려온 석준이 페인트 통을 탁 내려놓고 간판을 올려다보았다. 〈전국에서 제일 싼 집, 황금 카센터〉가 〈전국에서 제일 **비싼** 집, **호구** 카센터〉로 바뀌어 있었다. 석준이 어이없단 얼굴을 하고 있었지만, 승아는 만족한 듯했다.
 "이게 복수예요? 유치하게?"
 "복수라는 게 그 자체가 아주 유치한 감정이야. 유치한 게 뭐? 본능이거든?"
 고개를 젓던 석준의 눈에 승아가 메고 있는 가방이 들어왔다.

그 안엔 예약 일정이 적힌 달력과 커피믹스, 드라이버가 한가득 들어 있었다.

"그건 또 왜 훔쳐 왔어요?"

"사람마다 루틴이라는 게 있어. 매일 있던 자리에 있어야 할 게 없잖아? 그거 코끝에 붙은 먼지 같은 거야. 간질간질 하루 종일 신경질 나."

"하, 누나, 진짜 이럴 거예요?"

석준이 폼도 안 나는 복수를 실천하는 승아를 괜히 따라 왔다고 생각해 후회할 즈음, 갑자기 카센터로 차 한 대가 들어왔다. 카센터 사장이었다. 그는 누군가와 큰소리로 통화 중이었다.

"그러니까, 내처럼 현금을 미리미리 준비해 두라니까. 어, 잠깐만. 야! 니네 뭐야!"

카센터 사장이 석준과 승아를 발견하고 말았다. 두 사람은 서로를 쳐다보다 "아씨!" 외치곤 냅다 달리기 시작했다. 카센터 사장도 본능적으로 두 사람을 쫓았다.

석준과 승아는 카센터에서 벗어나 어느새 읍내 도로 위를 달리고 있었다. 그런데 두 사람의 간격이 점점 벌어지기 시작했다. 엄청난 속도로 멀어지는 석준의 뒷모습을 바라보던 승아는 달리는 와중에도 작게 감탄했다.

"이야… 잘 뛰네….'

석준은 이미 골목을 돌아 사라지고, 힘에 부친 승아는 얼마 못 가 카센터 사장에게 뒷덜미를 잡히고 말았다.

"잡았다, 이 새끼!"

카센터 사장이 뿌듯한 목소리로 외치곤 승아의 얼굴을 확인했다. 그러곤 대번에 당황하여 물었다.

"뭡니꺼?"

"하하…."

전력 질주하던 석준은 승아가 잡힌 것을 보곤 걸음을 멈추었다.

"아… 진짜."

그리하여 결국 코끝을 간지럽히는 먼지 같은 복수를 꿈꿨던 승아의 계획은 수포로 돌아가고 둘은 나란히 파출소에 잡혀 오고 말았다. 그를 발견한 수영이 어이없는 목소리로 물었다.

"승아야, 인간적으로 우리 여기서 너무 자주 보는 거 아이가."

승아는 민망함에 아무 말도 할 수가 없었다. 남 순경이 승아에게 커피 한잔을 내밀며 조용히 속삭였다.

"팬입니다. 실물이 훨씬 미인이시네요."

승아는 더 민망해져 커피를 받아 들며 고개를 푹 숙였다.

"저는 그만 가도 되는 거 아니에요? 뭐 촉법소년… 아닌가?"

"촉법소년 하시기엔 너무… 사이즈가 웅장하시네요. 미성년자겠지."

석준이 촉법소년을 운운하자, 수영이 그를 위아래로 훑으며 어이없다는 표정으로 대꾸했다.

"예! 미성년자! 미성년자면 가도 되지 않아요? 11시가 넘었는데? 애들은 잘 시간인데?"

"미성년자니까 부모님한테 연락해야지."

"아씨… 저 미성년자 아니에요!"

수영이 무어라 대꾸하려는데, 파출소 문이 거칠게 열리고, 우석이 헐레벌떡 들어왔다.

"승아야…!"

"하, 왜 또 쟤를 불러!"

"그라믄 어무이 부를까? 괜찮겠나?"

어머니를 부르는 게 나았을 것 같냐는 수영의 말에 할 말이 없어진 승아는 입을 꾹 다물었다. 우석은 상황 파악에 나섰다.

"카센터 간판이 뭐 어떻게 됐다고?"

승아가 뭐라 대꾸하기도 전에 수영이 핸드폰으로 찍어 둔 카센터 간판을 우석에게 보여 주었다. 게다가 승아의 가방에 들어 있던 것까지 전부. 그 모든 걸 확인한 우석은 어이가 없어져 헛웃음이 다 터졌다.

"하, 이 간장 종지 같은 꾸러미는 뭔데?"

"억울해서 훔쳤단다. 복수하려고."

"쟈는 뭔데?"

"저 고등학생이랑 같이 작당 모의했단다."

"뭐?"

그때, 막 화장실에서 돌아온 카센터 사장은 미처 우석을 발견하지 못하고 자신을 노려보는 석준의 뒤통수를 때렸다.

"뭘 보는데! 아이고, 가관이다. 대가리에 피도 안 마른 놈이나 대가리에 꽃단 년이나. 이것들 둘 다 미친 연놈 아인교! 이것들 싹 다 잡아 처넣어 주소! 특히 이 아가씨! 나이 처먹고 뭐 하는 짓입니꺼! 내 아주 낯짝을 못 들고 다니게 해야지!"

"태수, 오랜만이네."

그때, 우석이 섬뜩한 목소리로 말을 걸었다. 태수도 그제야 우석을 발견하고 깜짝 놀란 얼굴을 했다.
"행… 행님, 웬일입니꺼."
"담배 한 대 할래?"

우석이 왜인지 잔뜩 쫀 카센터 사장을 데리고 나간 후 수영은 본분을 다하기 위해 조서를 작성했다.
"자, 이름."
"…정석준이요."
"생년월일."
"공사공삼공구."
"공사공삼… 어? 스무 살이네?"
석준의 생년월일을 들은 승아가 당황하여 되물었다. 자신은 여태 석준이 고3인 줄 알고 있었기 때문이었다.
"고 삼 아니었어?"
"일 년 꿇었는데요."
"쯧, 보호자는 불렀나?"
"저 미성년자 아니라니까요."
"그래도 경찰조사 받는 거 부모님은 아셔야지. 고등학생인데. 어머니 오시라고 해라."
"그냥 깜빵 갈게요."
"이런 일로 깜빵을 왜 가노."
수영이 답답하단 듯 재차 부모님을 부르잔 말을 하자, 석준이 포기한 얼굴로 의자에 기댔다.
"안 와요."

"뭐?"

"불러도 안 온다고요, 엄마."

그 모습에 어쩐지 동질감이 든 승아는 고민이 됐다. 그때, 문이 벌컥 열리더니 카센터 사장 태수가 들어오고, 그 뒤로 우석이 여유롭게 따라 들어 왔다.

"없던 일로 합시더!"

태수는 그 말을 남기곤 쌩하니 파출소를 나갔다. 어안이 벙벙하여 아무도 말을 못 하던 그때, 우석이 승아 옆에 섰다.

"가자."

"어떻게 된 거야?"

우석은 어깨를 으쓱하더니 그저 몇 마디를 했을 뿐이라 했다. 카센터 불법 증축한 일을 신고하겠다고, 자동차 부품을 속여서 영업하는 것을 까발리겠다고. 그리고 무엇보다 아내에게 잡혀 사는 태수를 위해 도박하는 것을 아내에게 알리겠다고. 고향 동네에선 이장인 우석이 모르는 이야기가 없었다.

잘 해결되었다는 이야기에 안도하던 승아는 잠시 고민하다 돌아서려는 우석의 옷깃을 잡았다. 우석의 심장은 그 작은 행동만으로도 바닥으로 쿵, 떨어지기에 충분했다

"왜… 뭐…?"

"니가 해 줘, 보호자."

"…내가 니 보호자로 온 거다."

"아니, 나 말고, 쟤."

"뭐?"

승아가 가리킨 손가락 끝엔 석준이 있었다.

뭣도 모르고 운동장에 끌려 나온 석준과 그런 석준을 못 미더운 얼굴로 바라보고 있는 윤정 사이에 눈을 반짝이는 승아와 못마땅한 얼굴을 한 우석이 서 있었다.
"계주를 시키라고? 쟈를?"
"내가 도망칠 때 두 눈으로 똑똑히 봤어. 진짜 우사인 볼트라니까. 그리고 미성년자도 아니래. 스무 살 이상이면 참가할 수 있다며."
"음, 얼굴에 운동신경이 없는데…. 어이, 니 백 미터 몇 촌데?"
"모르겠는데요?"
안 그래도 별 기대가 없던 윤정은 그 말에 더욱 기대가 사라지는 걸 느끼며 핸드폰 초시계를 켰다.
"그래. 니 거기서 한번 뛰어와 봐라."

윤정이 손을 들어 올리자, 귀찮아하던 석준이 준비 자세를 취했다. 윤정의 손이 내려감과 동시에 호루라기가 울리고, 석준이 튀어 나갔다. 석준의 달리기가 계속될수록 윤정과 우석의 눈은 더욱 커졌고, 승아는 점점 신이 나 환호성을 질렀다.

결승선에 도착하는 데 무려 10초 03. 윤정의 초시계에 적힌 숫자를 본 승아가 우와, 탄성을 터트렸다.

"야, 주승아! 니! 어디서 이런 귀한 분을 이제야 모시고 왔는데! 이름이 뭐라고?"

"정석준! 거봐! 내가 뭐랬어! 우사인 볼트라고 했잖아!"

"아이고, 정 선수! 하늘에서 귀인을 보내 주셨네? 우리 정 선수는 달리기 종목은 싹 다 나가면 되겠다!"

"제가 왜요?"

석준의 되물음에, 윤정이 당황한 눈으로 승아를 바라보았다.

"얘기된 거 아이가?"

"어제 합의한 거 아니야?"

당황스럽기는 승아도 마찬가지였다.

"한번 뛰어 보라고 해서 뛴 거지, 체육대회 나간다고는 안 했는데요? 이제 가도 되죠?"

"입을 싹 닦네."

우석이 어이없다는 듯이 중얼거렸고, 윤정은 허탈한 표정으로 어깨를 축 늘어뜨렸다.

"얘기 좀 해! 석준아!"

승아는 석준을 데리고 슈퍼로 향했다. 아이스크림 하나를 물려 주고 애타는 마음으로 석준의 옆에 앉았다.

"토요일에 하는 거라서 문제없다니까."

"어린애들도 아니고 체육대회 한 번 하면서 왜들 난린데요?"

"그냥 체육대회가 아니라니까! 자존심이 걸려 있다고!"

"누나는 뭐 나가는데요?"

"…이인삼각…."

"꼴랑 하나?"

"큼, 우리 딜하자. 원하는 게 뭐야? 조건이 있을 거 아니야. 다 맞춰 줄게."

"뭐… 알바라도 구해 주면 모를까."

"알바?"

승아는 그길로 곧장 일자리를 알아봐 주기 위해 우석에게 석준을 데려갔다. 그러나 우석의 입에선 싫다는 단호한 대답이 돌아왔다. 우석은 한밤중 승아와 함께 파출소를 간 석준이 전혀 마음에 들지 않았다. 파출소를 들락거리는 불량함보다 한밤중 승아와 함께 있었다는 사실이 더 큰 이유였다.

그런데 우석의 의견은 씨알도 먹히지 않았다.

"주말마다 와서 일하면 된다. 출근 시간이 빡센데 괜찮겠나?"

"알바하면서 지각해 본 적 한 번도 없어요."

"기특하네. 저 사장 돈 많으니까 일당은 많이 달라고 하고."

"감사합니다."

어느새인가 나타나 상황을 종결시킨 윤정이었다.

"내 밭이라고! 내 밭!"

"일손도 모자라는데 일한다는 사람 있으면 어서 옵쇼~ 하고 업어가야지, 면접 같은 소리 하고 앉아 있네."

윤정은 드디어 체육대회 인원이 채워졌단 생각에 우석의 말 따위는 귀에 들어오지도 않았다.

"그래서 시간이 언제 된다고? 그래도 합을 맞춰는 봐야 하니깐."

근로계약서를 작성하고 석준이 자리에서 일어나자 윤정이 그 뒤를 따랐다. 우석은 자신의 의견은 묻지도 않고 아르바이트생으로 고용한 윤정이 괘씸하여 멀어져 가는 뒷모습을 째려보다 이내 승아에게로 눈길을 돌렸다. 승아도 우석의 눈치를 보다 이내 몸을 일으켜 두 사람을 쫓아갔다.

승아와 석준이 나란히 멀어지기 시작했다. 뭐가 그리 재밌는지 승아가 석준의 팔을 툭 치며 환히 웃었다. 그 모습을 본 우석이 움찔하는데, 석준이 슬쩍 뒤를 보더니 우석을 비웃듯 씩 웃어 보였다. 뒤늦게 현택이 도착했다.

"현택아. 내 이제 내 방식대로 할란다. 남자가 뭔지 제대로 보여줘야겠다. 어른 남자가 뭔지."

"어른 남자?"

현택은 분노한 얼굴로 비장하게 말하는 우석이 불안했다.

* * *

일복을 차려입고 마당을 나오는 승아 앞에, 스포츠카 한 대가 바로 앞에 멈추어 섰다. 차 문이 열리고, 선글라스를 끼고 수트를 쫙 빼입은 우석이 내렸다. 승아는 두 눈을 의심하며 우석에게 다가갔다. 놀란 듯한 승아의 모습에 우쭐해진 우석은 차에 몸을 기대곤 선글라스를 벗었다.

"내가 차가 여러 대 있거든. 이거는 주로 대도시 나갈 때 애용하지. 드라이브 갈래?"

"아, 차를 여기다 세우면 어떡해! 방금 심은 건데!"

승아는 우석을 곧장 밀쳐내고 바닥을 살피는 데 여념이 없었다. 어리둥절해진 우석이 바닥을 내려보자, 차 바퀴에 뭉개진 꽃모종이 보였다.

"아침부터 하루 종일 심었구만."

"내가 일부러 그랬나!"

어느덧 점심시간, 아주머니들은 오두막에 둘러앉아 고기 먹을 준비를 했고, 석준은 아궁이에 불을 피우고 있었다. 승아는 그 삼겹살을 든 채 그 옆에 서 있었다.

"솥뚜껑 씻으러 가서 왜 안 와."

그때, 굳이 어깨 위까지 말아 올린 티셔츠와 반바지를 입은 우석이 다가왔다. 팔뚝, 허벅지 근육을 자랑하려는 듯, 그 무거운 솥뚜껑을 한 손에 든 채였다. 우석의 머리카락 끝에선 물이 뚝뚝 떨어지고 있었다. 그 모습을 본 아주머니들은 환호성을 내질렀고, 승아는 두 눈만 끔뻑였다.

"물살이 세서 머리까지 다 젖어 버렸네."

우석은 솥뚜껑을 아궁이에 가뿐히 올리며 젖은 머리칼을 쓸어 넘겼다. 은근한 눈길을 보냈으나, 승아는 물이 튀는 것에 질색하며 한 걸음 멀어졌다.

"상추 씻어 온다며. 일머리 없어? 배고파 죽겠구만. 얼른 갖고 와."

그 모습을 다 본 석준은 조용히 킥킥댔고, 우석은 약간 짜증스러운 한숨을 내쉬며 왔던 길로 돌아갔다.

승아와 수영은 이인삼각 연습을 하려고 운동장을 찾았다. 서로의 발목을 모아 끈으로 묶는데, 현택과 우석이 눈빛을 주고받더니, 현택이 수영을 잡아끌었다.

"규정이 바뀌어서 이인삼각은 남녀 혼성으로 해야 된다 하더라. 수영아, 니는 내랑 연습하자~"

"어? 갑자기 웬 혼성? 못 들었는데?"

현택이 수영의 손을 잡아끌며 윙크하자, 수영이 대충 상황을 눈치채곤 순순히 따라갔다. 우석은 곧장 승아의 옆으로 다가갔다. 두 사람의 발목이 묶이자, 둘의 거리가 틈 없이 좁아 들었다. 어색하고 묘한 기류가 흘렀다.

우석은 차마 승아의 어깨에 손도 올리지 못하고 엉거주춤 뛰고 있었다. 고깔을 기점으로 유턴을 하는데, 발이 맞지 않아서 삐걱거리고 휘청거리게 되었다. 답답했던 승아가 속도에 맞춰 '오른발! 오른발! 오른발!'을 외쳤으나, 한발씩 느렸다, 빨랐다, 난리가 났다. 결국 중심을 잃은 우석의 몸이 기울고 말았다. 우석은 빠르게 몸을 틀어 승아가 다치지 않도록 꽉 안아 주었다.

"괜찮나?"

"너 오른쪽, 왼쪽 구분 못 해?! 오른발이라는데 왜 자꾸 왼발을 들이밀어! 돌아오려면 보폭을 짧게 해야 할 거 아니야! 그 정도 머리도 없냐, 너는! 에라이!"

결국 폭발한 승아는 발목에 묶인 끈을 풀고 곧장 자리를 떴다. 서러웠던 우석은 힘없이 고개를 숙였다.

체육대회 연습은 뒷전인 어른들은 운동장 나무 그늘에 모여 막걸리를 마시고 있었다. 우석과 현택은 그 옆에 나란히 앉아 무언가를 보고 있었는데, 조금 떨어진 그늘에 앉아 웃으며 이야기를 나누는 석준과 승아였다.

"이렇게 씨알도 안 먹히는 거는 이우석 사전에 있을 수가 없는 일이다. 주승아 독하네."

"니한테도 사전 같은 게 있었나? 처음 알았네."

"거슬린단 말이야."

"니 이제 하다 하다 고등학생한테까지 질투하나."

"고등학생인 게 뭐! 그냥 사람이 마음에 안 드는 건데!"

"우석아. 나는 니가 가끔, 아주 가끔. 부끄럽다."

* * *

어느덧 뉘엿뉘엿 해가 넘어갔다. 어른들도 자리를 정리하고 집으로 돌아갔고, 승아와 석준의 뒤를 우석과 현택이 따라 걷고 있었다. 승아가 석준에게 말을 건넸다.

"오늘도 수고했어. 너 덕분에 체육대회 이길 수 있을 거 같아."

"말로만?"

"어?"

"밥 사 줘요. 저녁 시간인데."

"…밥?"

"수고했다면서요. 그 정도도 못 해 주나?"

뒤에서 그 이야기를 듣고 있던 우석이 참지 못하고 둘 사이에 끼어들었다.

"내는?! 내도 배고픈데?"

"넌 뭔데…."

승아가 곧장 우석에게 핀잔을 주는데, 현택과 수영, 윤정도 기대 가득한 눈으로 승아를 바라보고 있었다.

"오늘 승아가 밥 사나?"

"뭐? 오늘 승아가 쏜다고? 아, 나 근무 있는데!"

모두의 시선이 쏠리자 당황한 승아는 결국 제집으로 모두를 안내했다. 석준은 양손에 봉지를 들고 어색한 듯 눈을 굴리고 있었다. 승아는 문 근처 화분 아래에서 집 열쇠를 꺼내며 석준의 어깨를 두드렸다.

"들어와."

승아는 싱크대에 서서 채소를 씻었다. 열린 문 사이로 사람들의 말소리가 들려왔다. 현택은 소란스럽게 불을 피우고 있었고, 그 모습을 보다 못한 윤정이 "그렇게 하면 연기만 난다니까! 줘 봐라! 내가 할게!" 하는 소리가 들렸다. 그 사이로 우석이 도끼로 장작을 패고 있었다.

"저것들은 집에 가서 먹을 것이지…."

석준은 식탁에 봉지를 올려두곤 집 안을 둘러보는 중이었다.

"근데. 누나 진짜로 한 달 살기 그런 거 하러 왔어요? 겉멋 들어서?"

"겉멋? 누가 그래?"

그 물음에, 석준이 윤정을 눈짓했다. 승아는 고개를 저으며 어이없다는 듯이 대꾸했다.

"쟤가 하는 말은 반은 걸러 들으면 돼."

그때, 엎어져 있는 액자가 눈에 들어왔다. 석준이 그것을 들어 확인해 보는데, 승아와 연미의 사진이었다.

"누나예요, 이거?"

"응."

"옆에는?"

"우리 엄마."

"와, 똑같이 생겼네. 누나랑 엄마."

"그래? 엄마랑 닮았다고 생각해 본 적 없는데."

"대충 봐도 닮았구만. 근데 왜 아빠랑 찍은 사진은 없어요?"

"본 적이 없어. 미혼모야. 우리 엄마. 한부모 가정."

"……."

"왜. 아빠 없는 사람 처음 봐?"

"저도 없어요. 아버지 돌아가셨거든요. 저도 한 부모예요."

승아는 석준에게 동질감을 느꼈다. 마음과 코끝이 찡해지려는 찰나, 문틈 새로 우석의 목소리가 들려왔다.

"니네 안 나오냐! 상추 하나 씻는데 왜 그클 오래 걸리는데!"

"간다, 가! 어휴, 저 성질. 우리도 그만 나가자."

석준은 사진을 한 번 더 보고 승아의 뒤를 따라 마당으로 나갔다.

고기를 굽는 현택을 제외한 네 사람은 평상에 둘러앉아 고기를 먹느라 정신이 없었다. 윤정은 벌써 술에 취해 젓가락질도 제대로 못 하는 중이었다. 우석은 윤정의 접시에 고기를 던져 주고, 승아의 접시에도 고기를 놓아 주었다.

"그클 먹고 아직 들어가나, 윤정아. 니도 많이 무라."

승아는 제 접시에 올려진 고기를 집어 석준의 접시에 놓아 주었다.

"나 배불러, 너 많이 먹어."

석준이 슬쩍 웃으며 고기를 집어 먹었고, 우석은 섭섭한 눈으로 승아를 힐끔댔다.

"아나운서 집은 뭔가 다를 줄 알았더니 별거 없네요. 아나운서 돈 많이 번다더니."

"월급쟁이야. 벌어 봤자 은행 없이는 서울에 집 한 채 못 사는."

돈 이야기가 나오자, 술에 잔뜩 취한 윤정이 휘청이는 손으로 우석을 가리켰다.

"돈은 이 형이 더 많다. 알부자, 땅 부자, 저 누나는 쨉도 안 된다."

틀린 말은 아니라 우쭐해 있는 사이, 석준이 다른 주제를 꺼내 들었다.

"근데 누나 진짜 짤린 거예요?"

"누가 그래?"

석준은 이번에도 윤정을 눈짓했다. 승아가 어휴, 한숨을 내쉬자 윤정이 헛기침하며 못 본 척 시선을 돌렸다.

"내가 그만둔 거야."

"에? 그만둔 거예요? 근데 왜 마지막 인사 안 했어요?"
"응?"
"선수들은 은퇴할 때 은퇴식 하는데 아나운서는 그런 거 없어요? 그냥 사표 내면 끝이에요?"
"하하… 직장인이 그렇지, 뭐."
"하루 이틀 한 방송도 아닌데. 갑자기 인사도 없이 그만두면 허무하지 않아요?"

순간 정적에 휩싸였다. 다들 승아의 눈치를 보기 시작했다. 승아는 석준의 말에 허를 찔린 것 같았지만 애써 아무렇지 않은 척하며 손에 쥔 컵을 만지작거리며 작게 대답했다.

"뭐 대단한 일이었다고. 그만둘 땐 다 그래."

현택은 석준의 밥그릇에 고기 몇 점을 더 얹어 주었고, 석준도 꾸벅 고개를 숙인 뒤 고기를 받아먹었다. 그 과정에서 자연스럽게 시선이 분산되어 금세 다시 소란스러워졌다. 그러나 우석은 승아에게서 눈을 뗄 수 없었다.

저녁 식사가 끝나고, 윤정은 술에 잔뜩 취해 휘청휘청 앞장서서 걸어가고 있었다. 현택이 불안한 눈으로 그를 바라보며 석준에게 물었다.

"고딩아. 니 혼자 집에 갈 수 있제?"
"네. 애도 아니고."
"택시 불렀다. 타고 가라."
"예?"
"승아가 택시비 하란다. 내 먼저 간데이! 윤정아! 같이 가자니까!"

 석준은 제 손에 쥐어진 오만 원을 내려다보며 어쩐지 표정이 굳어갔다.

 "기분… 뭐 같네."

 승아 앞에서 웃던 석준의 얼굴이 온데간데없었다. 석준은 승아가 건넸다는 오만 원을 주머니에 구겨 넣었다.

 그 시각 우석은 굳이 뒷정리를 돕겠다며 술병을 치우며 쓰레기를 정리하고 있었다.

 "거의 다 했는데, 너도 그만 가."

 "다 했다. 이것만 하고 갈게."

 "……."

 "일 그만둔 거 후회 안 되나?"

 "적성에 안 맞아서 그만뒀다니까."

 "쉬운 일 아니잖아. 아나운서 되는 것도, 하는 것도. 그런 식으로 때려치워도 괜찮은 거 맞나?"

 "말이 이상하다? 안 괜찮아야 돼?"

 우석은 똑바로 서서 가만히 승아를 바라보았다. 그 눈빛이 거슬렸던 승아는 쓰레기 봉지를 꽉 묶은 뒤 툭 내려놓으며 물었다.

 "하고 싶은 말이 뭐야?"

 "안 괜찮은가 보네. 발끈하는 거 보니까."

 "뭐라고?"

 "긴가민가하면 확인해 봐라. 니 스스로는 알 거 아니가."

 "……."

"이거는 내가 가면서 버릴게. 문 잘 닫고 자라."

우석은 그 말을 끝으로 승아의 앞에 놓여 있던 쓰레기 봉지를 가지고 집을 나섰다. 사람들이 모두 떠난 후 조용해진 마당에 승아 혼자 우두커니 서 있었다. 괜찮다, 괜찮지 않다. 사표를 낸 후 그런 건 생각해 본 적이 없었다. 도망치듯 서울을 떠나왔다. 서울에서의 일들을 떠올리지 않으며 지내려 애썼다. 승아는 우석이 서 있던 자리를 바라보며 생각에 잠겼다.

면민체육대회 준비로 마을 회의가 있는 날이었다. 각 마을의 이장들이 둥글게 모여 앉아 있었는데, 우석과 개장수가 서로를 못마땅한 눈으로 마주 보고 있었다. 둘이 어떤 눈빛을 주고받든 회장은 신경 쓰지 않고 회의를 이어 나갔다.
"그거는 그렇게 준비하도록 하고요. 마지막 안건으로 체육대회 사회 보기로 한 사람이 갑자기 못 한다고 연락이 왔거든요. 각 이장님 추천해 줄 만한 사회자 있습니꺼. 아무래도 우리 고향 사람 쓰는 게 책임감도 있게 할 거 같은데."

 그 말에 개장수가 잠시 고민하더니 이때다 싶다는 듯 밝은 목소리로 말했다.
"아~ 책임감 하면 또 기가 막히는 사람 하나 있지. 우리 조카 알제? 야구장 장내 아나운서 하는 아. 요즘 억수로 바쁜데 내가 부탁하면 버선발로 쫓아와 준다 아이가."

아나운서란 말에, 다른 마을 이장이 말을 보탰다.

"우석이네 동네에 〈오늘 내 고향〉 아나운서 하던 여자 있잖아. 가 시키면 안 되나?"

"아, 승아요?"

승아가 대화 주제에 오르자, 개장수가 비꼬기 시작했다.

"설마 테레비 나와서 욕하고 짤린 정신 나간 여자?"

"뭐요? 정신 나간 여자요?"

우석이 발끈하자 개장수가 잘됐다 싶었는지 비꼬고 난리가 났다.

"맞잖아! 하고 다니는 꼬라지 못 봤나?! 머리 색깔이 이상하고 소문도 안 좋든데. 논란 있는 사람을 공식적인 마을 행사에 쓸 수는 없제! 그거는 망신이지!"

"망신이요? 이장님요, 말조심합시더."

"내가 틀린 말 했나!!"

싸움이 더 커질 것 같자, 회장이 말리고 나섰다.

"자자! 그래서 누구 시키자는 말입니꺼? 이번에도 빵꾸내면 안 되니까 확실한 사람으로 해야 됩니더."

"우리 조카! 내일 당장이라도 데리고 올 수 있니더!"

"촤! 뭐 하러 타지! 사람까지 부릅니꺼? 내는 지금 당장이라도 데리고 올 수 있는데?"

"니 지금 해 보자는 기가?"

개장수와 우석의 기세가 줄어들 기미가 보이지 않자, 또다시 회장이 나서서 상황을 정리했다.

"그만! 그만! 투표로 합시더, 투표로. 두 분 다 사회 맡아 줄 수 있는지 확실히 물어보고 내일 투표로 합시더. 됐지요?"

* * *

 현택과 승아, 수영은 사과밭 그늘에 앉아서 체육대회에 관해 이야기하고 있었다. 수영이 말문을 열었다.
 "우리 사회 보기로 한 사람. 복숭아 축제에 섭외됐다고 하대. 그래서 체육대회 사회자 자리가 공석 됐다고 하더라."
 "그렇게 갑자기 못 한다 하면 우짜노? 마을 행사라고 무시하나!"
 "나 같아도 돈 더 준다는 데로 가겠다."
 "승아 니는 아주 서울 깍쟁이 다 됐네. 돈이 다라? 정이 있고 의리가 있지."
 승아가 변명하려 입을 떼는 순간, 어느새 나타난 우석이 말을 가로챘다.
 "주승아! 니 체육대회 사회 볼래?"
 "어?"
 "니 하고 싶냐고 묻는 거다. 사회 볼래, 니?"
 "뭔 갑자기 사회를 봐…."
 "주승아!! 니 사회 봐라! 무조건 봐라!"
 그때, 윤정이 황소같이 달려와 큰소리로 외쳤다. 그 모습에 놀란 현택이 윤정과 우석을 번갈아 보며 중얼거렸다.

"두 남매가 왜 이라노?"
"아! 주승아가 봐야지! 주승아 안 하면 개장수네 조카가 한단다! 내 그 꼴은 못 보지! 니 할 거제?"
"또 개장수?!"
여러 사람의 목소리가 섞인 탓에 정신이 없던 승아는 하고 싶은 마음과 하기 싫은 마음 사이에서 고민 중이었다.
"생각해 보고 얘기해 도. 니가 하고 싶으면 무조건 니가 하는 거다."

승아는 화난 얼굴로 앉아 있는 부장의 앞에 선 채 고개를 푹 숙이고 있었다. 더 이상 화를 참을 수 없었는지, 부장이 책상에 있던 봉투를 승아에게 던지듯 내려놓았다.
"방송사고 좀 냈다고 사표를 내? 그렇게 고생해서 입사해 놓고! 지금껏 쌓은 경력이 아깝지도 않아? 세상이 생각보다 더 호락호락하지가 않아. 너 이렇게 그만두면 후회 안 할 거 같아?"
"…잘 모르겠어요. 근데 좀 행복해지고 싶어요."

예삐에게 밥을 주고, 물을 갈아 주었다. 꼬리를 살랑살랑 흔들며 밥 먹는 예삐의 머리를 쓰다듬던 승아는 여전히 고민에 잠겨 있었다.
승아는 대학교 졸업장을 들고 우석의 집을 찾았다.
"이우석…."
"왔나! 갖고 왔네?"
승아가 우석을 채 부르기도 전에 우석이 문을 벌컥 열고 승아를 맞이했다. 졸업장은 우석이 부탁한 것이었다.

"이건 왜 달래?"

"쓸 데가 다 있다. 생각 좀 해 봤나? 사회 봐 줄 거가?"

"어… 그게….."

"촌 동네 행사라서 급 떨어진다고 생각하는 거 아이제?"

"그런 거 아니거든?"

"그라믄. 뭐, 겁나나? 천하의 ABS 간판 아나운서가?"

"하, 내가 무슨 간판이야."

"그라믄 니가 해라. 니보다 더 잘할 사람 없다. 주승안데. 무조건 잘하지."

"아! 주승아 니가 하라고! 애화리 일원이 됐으면 마을 행사에 능력껏 참여를 해야지! 이우석! 그만 떠들고 빨리 들어 온나! 바쁘다!"

집 안에서 들려오는 윤정의 목소리에, 우석이 급히 손을 흔들었다.

"멀리 못 나간데이. 좀 바빠서."

승아는 어안이 벙벙하여 잠시 멍하니 있다가 이내 거실을 슬쩍 바라보았다. 거실 바닥엔 종이가 잔뜩 널부러져 있었고, 우석과 윤정은 노트북 화면이 잔뜩 집중한 채 무언가 메모하느라 정신이 없어 보였다.

"뭐 하는 거야…?"

승아는 아침부터 텃밭에 물을 주고 있었다.

빵!

클랙슨 소리에 허리를 펴고 현관을 바라보자, 현택이 대문 앞에 정차해 있었다.

"승아야! 이장 회의 곧 하는데 니도 가자."

"……?"

의문 가득한 얼굴로 도착한 회의장은 마을 이장들로 가득 차 있었다. 그중 개장수와 우석은 가장 앞에 서서 서로를 마주 보고 앉은 상태였다. 현택과 승아는 어수선한 분위기에 긴장하여 조용히 회의장 구석에 섰다.

"여길 왜 와? 들어와도 되는 거 맞아?"

"되지. 쟈도 와 있잖아."

현택이 눈짓한 곳을 보니 윤정이 서 있었다. 곧 회장이 앞으로 나서서 회의를 주도했다.

"투표 진행하기에 앞서서 사회 봐 주신다는 분들 간단히 이력만 설명해 주실까요? 투표하는데 대충은 알고 찍어야 되니까."

그러자 개장수가 벌떡 일어났다.

"우리 조카는 올해 스물여덟이고 4년제 대학교 부학생회장 출신이라 책임감도 강하고요. 현역으로 우리 지역 마스코트 야구장 장내 아나운서로 일하는 중입니더. 대학 다닐 때 알바로 행사장 MC도 많이 했니더. 우리 집안 행사도 다~ 야가 맡아서 한다니까. 이상."

"자, 우석 이장님도 간단히 한 말씀 하시지요."

"제가 준비한 게 있거든요. 들어와도 됩니까?"

"예? …뭐, 그라소."

회장의 허락이 떨어지자, 우석이 윤정을 향해 손짓했다. 그러자 한쪽 벽면에 현수막이 펼쳐졌다.

〈애화 여고 57회 졸업생 주승아, 한국대 합격!〉
〈애화리 자랑! 주승아 ABS 아나운서 합격!〉

"미쳤나 봐…. 왜 저래."

수치스러움을 느낀 승아가 발개진 얼굴을 가리는 사이, 우석은 당당히 가슴을 펴고 승아의 대학 졸업장을 펼쳐 들었다.

"살면서 한국대 졸업장 본 적 있으십니꺼? 무려 대한민국 최고 대학 한국대 수석 입학! ABS 23기 공채 아나운서 최연소 합격! 여기 주승아 모르는 사람 있습니꺼?"

"하…."

"4년제 대학교 부학생회장이요? 우리 승아는 학생회장을 세 번이나 했습니더. 그뿐이냐. ABS 아나운서 합격하고 데일리 프로그램 〈오늘 내 고향〉에서 1,238일 동안 생방송을 진행했고요. 동시에 위클리 뉴스, 새벽 라디오까지. 대단하다 아입니까?"

우석이 자랑스러운 눈빛으로 개장수를 바라보며 말을 이었다. 우석의 소개에 쥐구멍에라도 숨고 싶었던 승아가 움찔하며 우석의 말에 귀를 기울이기 시작했다.

"거기다 올림픽, 아시안 게임, 월드컵! 국제! 스포츠 대회를 다 치렀고요. 폭우 쏟아지던 날 야외에서 했던 전설의 생방송 음악 콘서트 기억하시지요? 그때 MC가 비에 다 젖어서 눈도 못 뜨면서 행사 끝까지 마무리했잖아요. 그게 바로 승아다 아입니까! 이 정도는 돼야 책임감이 강한 거지요! 뉴스, 예능, 라디오, 시사교양까지 못 하는 게 없는데. 애화리 역사상 이렇게 귀한 사람이 사회 봐 줄 일이 있을 거 같습니꺼?"

"왜 저래… 진짜…."

우석을 한참 바라보던 승아가 왜인지 조금 화난 듯 아무 말 없이 회의장을 나갔다.

***

곧바로 집으로 돌아온 승아는 집 마당 평상에 앉아 주황빛으로 물든 사과밭을 내려다보고 있다. 회의장에서 우석의 말이 자꾸만 맴돌았다. 8년의 아나운서 생활을 타인의 입으로 들으니 기분이 이상했다. 우석은 지금도 승아보다 승아를 더 잘 아는 사람이었다.

"야, 투표도 안 했다! 니가 해 준다 하니까 다른 이장님들이 전부다 땡큐베리감사라카면서! 우리 행사 니가 맡아 준다고 하면 영광이라면서!"

우석은 거친 숨을 고르면서도 뿌듯하고 당당한 얼굴로 승아를 찾아왔다. 승아는 여전히 화난 얼굴이었다.

"너는 뭘 그렇게까지 준비했어. 민망하게."

"내가 뭘! 있는 그대로 말만 했구만. 솔직히 니! 씩이나 돼서 이래 작은 행사 사회 봐 준다 하면 감사합니다, 해야지 맞지. 니가 얼마나 대단한 사람인데! 어디 감히 주승아한테 삐대노!"

"너는 진짜…."

"감히 누가 주승아보다 잘났다고!"

"뭐가 대단해, 나 까짓 게…."

"대단하지! 당연히 대단하지! 니가 내 자부심인데!"

승아는 고개를 떨굴 수밖에 없었다. 눈물이 나올 것 같았기 때문이었다. 그래서 그날이 떠올랐다.

수능을 앞둔 5월. 모의고사를 망치고 나 까짓 게 그렇지 뭐, 라고 스스로를 질책하던 승아의 옆엔 어김없이 우석이 있었다.

"어허. 그런 말 하지 말라고 했제. 니 까짓 게라니. 니가 얼마나 대단한 사람인데. 그거 아냐. 주승아는 마음먹으면 다 한다."

단호한 우석의 목소리에 장난기가 발동한 승아는 눈 내리는 게 보고 싶다 말했다. 잠시 고민하던 우석은 싱긋 웃더니 승아를 어디론가 데리고 갔다. 어스름이 내린 시골길을 오르는 우석을 부지런히 쫓아가던 승아는 언덕 위에 멈춰선 우석에게 한마디 할 요량으로 다가갔다.

그런데 승아의 발이 우뚝 멈췄다. 거짓말처럼 승아의 눈앞에 눈이 내리기 시작했다. 가로등 불빛이 켜짐과 동시에 거대한 버드나무 잎이 흔들리더니 솜털 같은 버드나무 씨앗이 흩날리기 시작했다. 가로등을 등지고 돌아선 우석의 머리 위로 눈이 흩날리는 게, 아주 예뻤다.

"봐라. 이 세상에 니가 마음먹었는데 못 하는 건 하나도 없다, 승아야. 내가 티비에서 봤는데 걱정이나 불안은 어떤 모습으로든 간에 자꾸 찾아온대. 틈만 나면. 그러니까 내가 그거보다 먼저 니한테 찾아갈게."

"왜?"

"니가 걱정이나 불안을 만나지 않도록 얼마나 잘난 사람인지 알려 주려고. 니는 내 자부심이거든!"

우석이 그날과 같은 얼굴을 하고 승아를 향해 웃음을 내보였다. 우석을 밀어내려던 마음이 일렁였다. 도저히 통제할 수 없었.

"너는 왜 하나도 안 변했어?"

"…어?"

"왜 아직도 내가 니 자부심이야?"

승아의 눈엔 눈물이 가득 고여 있었다. 그 모습을 본 우석은 심장이 바닥에 곤두박질치는 것만 같았다.

"승아야…."

"왜 아직도 인생에 여자가 나 하나야? 왜 아직도 어릴 때랑 똑같아? 왜 아직도 사람을… 흔들어."

"……."

자신의 마음을 밀어내는 것을 포기한 승아가 눈물 가득 고인 눈을 들어 우석을 바라봤다. 어쩔 수 없는 일이었다.

"…그러면 내가 자꾸 기대고 싶어지잖아. 너한테."

우석은 눈물을 뚝뚝 흘리는 승아를 가만히 바라보다 머리를 쓰다듬어 주었다. 승아가 울 때면 우석은 항상 승아의 머리를 쓰다듬었다. 우석의 손길이 닿으면 어떤 힘든 일도 아무 일도 아닌 일이 되던 승아였다. 우석의 마음을 외면했던 승아는 자신을 지그시 내려다보는 우석의 눈을 피하지 않았다.

우석은 헝클어진 머리를 조심스레 정리해 주더니, 이내 승아의 뺨을 감쌌다. 머뭇거리지 않고 곧장 승아에게 입을 맞추었다. 갑작스러운 입맞춤에 놀란 승아는 그대로 숨마저 멈추고 우석을 보았다. 가벼운 입맞춤 끝에 입술을 뗀 우석이 대답을 기다리듯 승아를 지그시 바라보았다. 노을이 진 하늘이 푸르스름하게 내려앉았다. 달빛에 그늘진 두 사람이 서로의 마음을 들여다보고 있었다. 승아의 작은 손이 우석의 거친 손끝을 잡았다. 오랜 기다림 끝에 우석의 입술이 승아의 입술에 포개졌다.

낭만적이데이

초판 1쇄 2025년 05월 15일

지은이 나해강
펴낸이 손창준
기획책임 송예나
기획편집 이환희 김운영
편집 이연주
디자인 임시현 (@syunillust)

펴낸곳 빅웨이브엔터테인먼트 주식회사
이메일 bigwave_bookk@naver.com

* 이 책은 저작권법에 의해 보호를 받는 저작물이므로 저자와 출판사의 허락 없이 무단 전재와 복제를 금합니다.